深夜食堂（シンヤショクドウ）

15

安倍夜郎

菜單

清晨4時

第 198 夜 ◎ 炸蝦

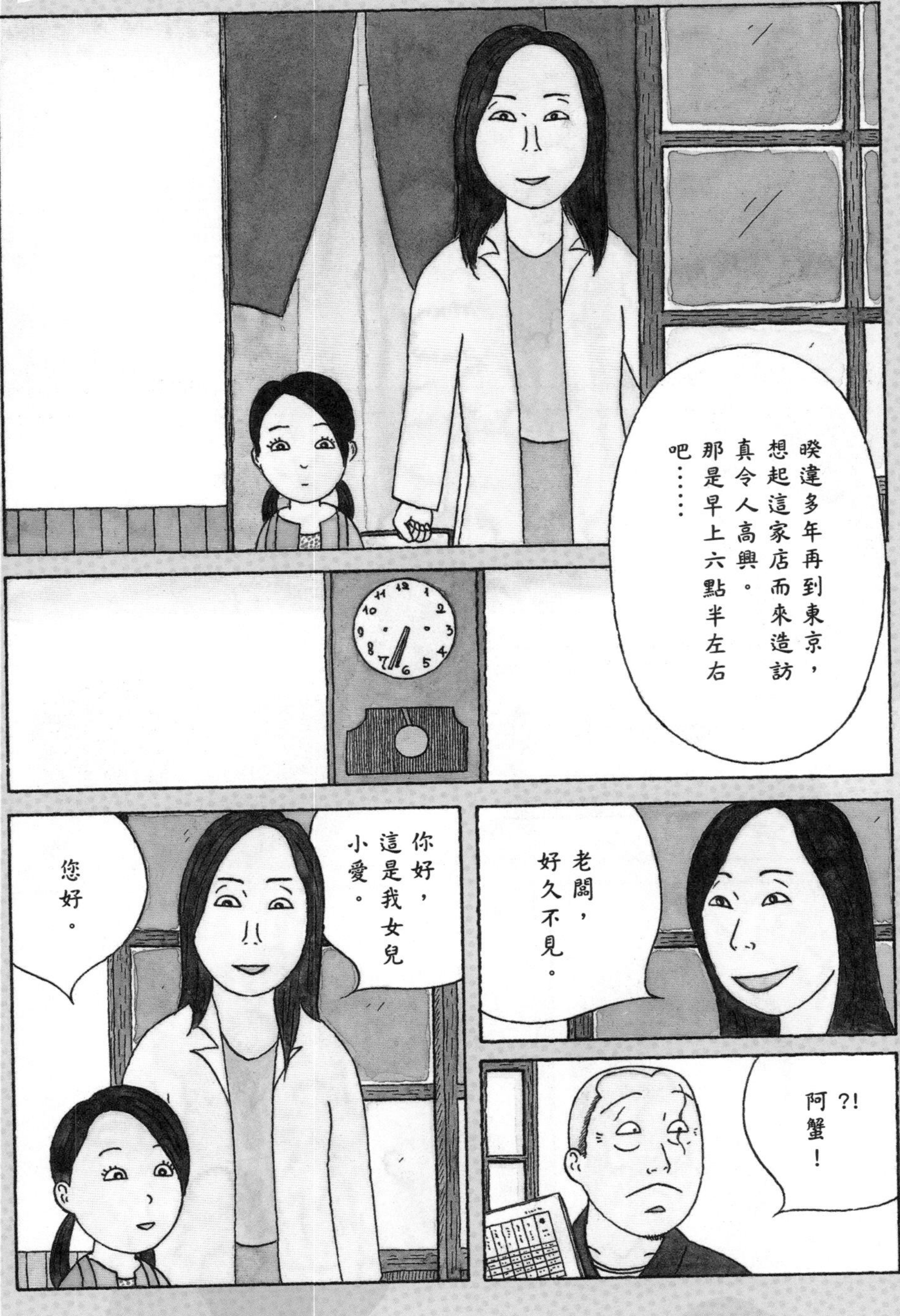
睽違多年再到東京，想起這家店而來造訪真令人高興。那是早上六點半左右吧……
老闆，好久不見。
你好，這是我女兒小愛。
您好。
阿蟹！?!

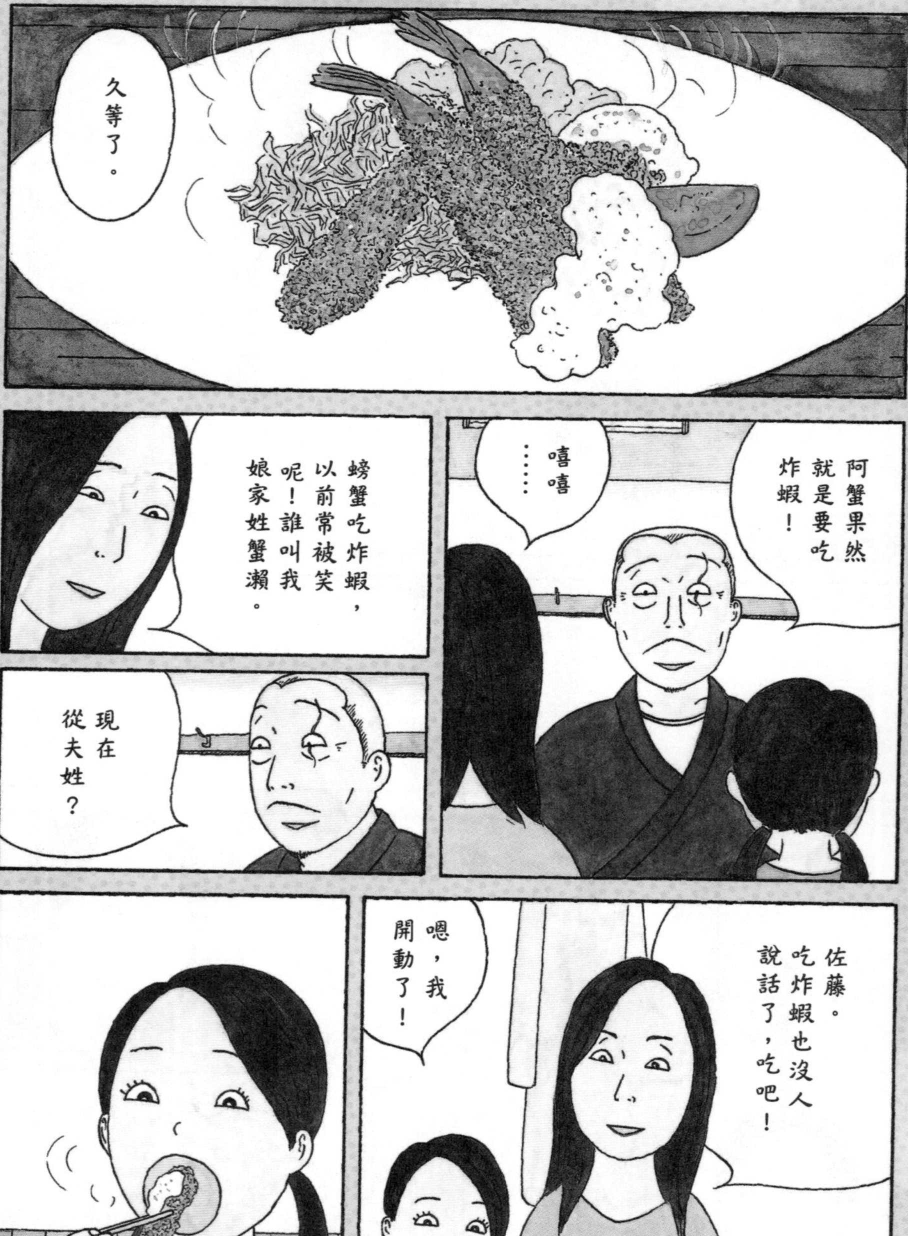
久等了。
阿蟹果然就是要吃炸蝦！
嘻嘻……
螃蟹吃炸蝦，以前常被笑呢！誰叫我娘家姓蟹瀨。
現在從夫姓？
佐藤。吃炸蝦也沒人說話了，吃吧！
嗯，我開動了！

喀喳
小愛跟我一樣最喜歡炸蝦了。
阿蟹以前是模特兒後來當過演員，但是沒啥成就，就在十年前回秋田去了。她寄了女兒的照片通過了童星甄選，今天帶著女兒小愛，搭深夜巴士來到東京參加第二階段審查。
當天晚上——
小愛？在旅館睡覺。
試鏡怎樣了？
我覺得滿順利的，但是在休息室有個孩子態度很差。那孩子的媽媽啊……

以前是模特兒，我們認識。她個性可差勁了……
我跟小愛說絕對不能輸給那個孩子喔！小愛也說「嗯」。
哎。
連續劇《小紗》從六千人中脫穎而出的可愛女孩
主角確定!!
佐藤愛（六歲）
來自秋田縣的小學生!!
恭喜！
謝謝。

太厲害了，六千人耶！
是啊！
我們也嚇了一跳呢！
嗯。
我問她要吃什麼慶祝，她說要老闆的炸蝦。
多謝。我們這裡開店時間太晚，不好意思。
什麼時候開始拍攝啊？
下個月。我們在東京租了房子，轉學手續也辦好了。
我想應該會很忙要注意身體喔！要是半夜肚子餓了的話，隨時都可以過來。
好。
……

好～開始！
小紗的爸爸是做什麼的啊？
目前在國外工作。明年他會帶很多禮物回來。
哼，騙人。其實是被警察抓起來了吧！我媽說的。
才不是！我爸爸就在國外。
卡，OK!!
小愛真不錯。
是吧，領悟力非常高。

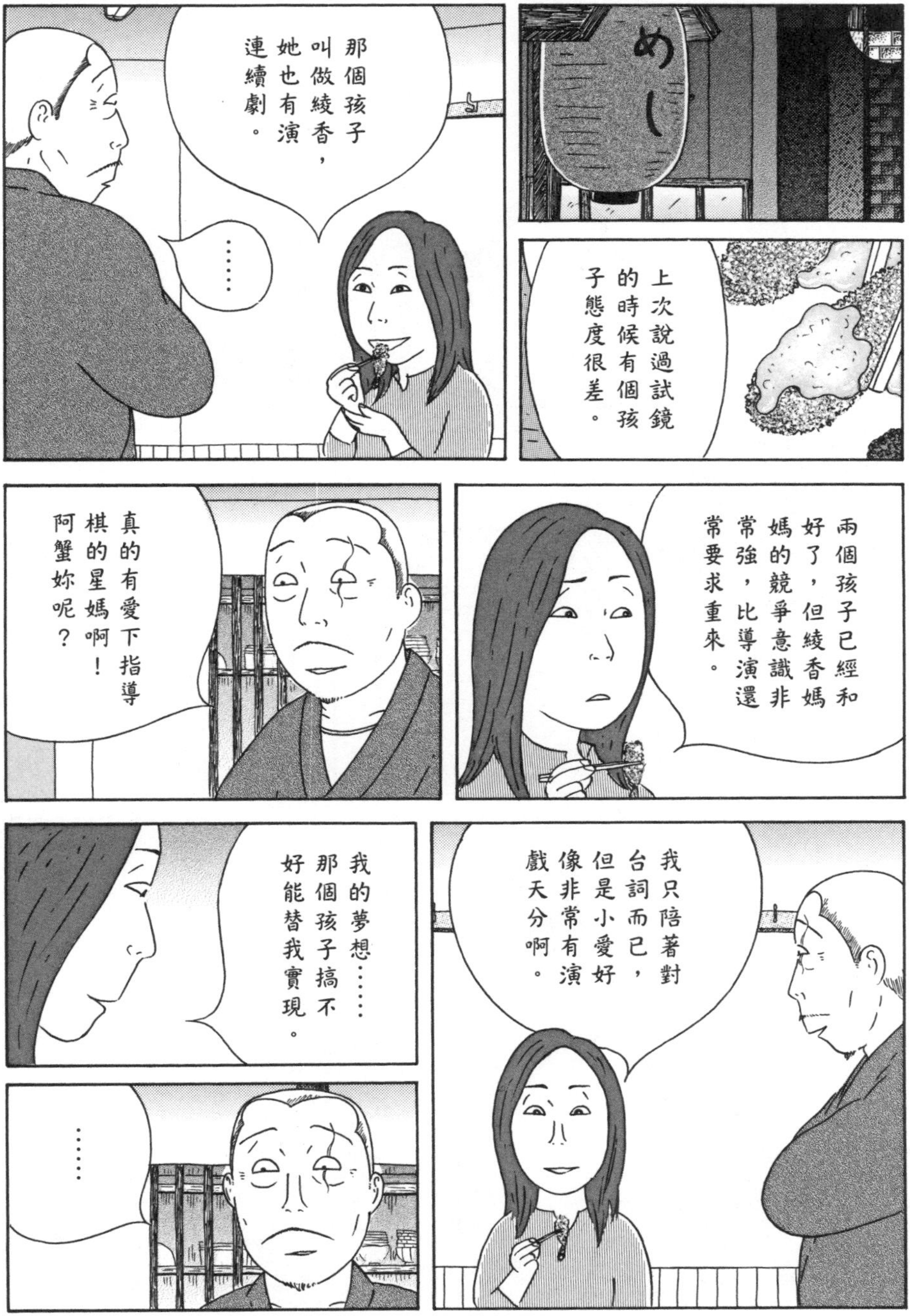
めし
上次說過試鏡的時候有個孩子態度很差。
那個孩子叫做綾香，她也有演連續劇。
……
兩個孩子已經和好了，但綾香媽媽的競爭意識非常強，比導演還常要求重來。
真的有愛下指導棋的星媽啊！阿蟹妳呢？
我只陪著對台詞而已，但是小愛好像非常有演戲天分啊。
我的夢想……那個孩子搞不好能替我實現。
……

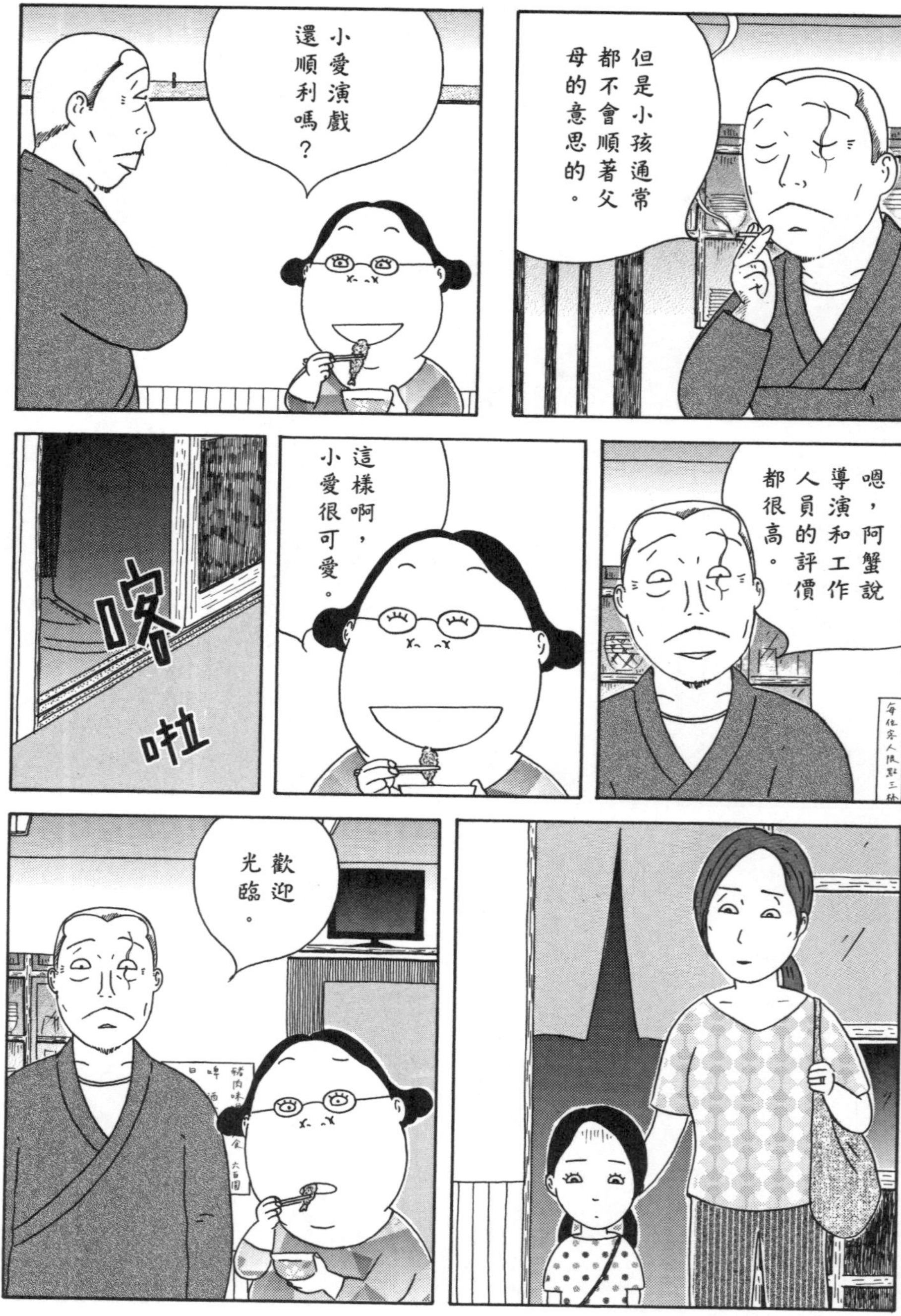
但是小孩通常都不會順著父母的意思的。
小愛演戲還順利嗎？
嗯，阿蟹說導演和工作人員的評價都很高。
每位客人限點三杯
這樣啊，小愛很可愛。
喀啦
歡迎光臨。

飽了嗎？不吃了嗎？
嗯。
精神不好呢！怎麼啦？
嗯……今天背台詞不太順利。
……
但是沒關係。好好睡一覺，明天繼續努力就好。
嗚～哇～

小愛一直都
自己一個人忍受著
周圍的期待帶來的壓力。
兩天後爸爸搭深夜巴士
到東京來了。
三人一起來店裡的時候，
小愛已經恢復原狀。
這是爸爸的，
這是媽媽的，
這是小愛的。
我開動了！
喀
喳
果然家人還是不要分離比
較好。阿蟹應該也是這麼
想的。兩個月後戲拍完了，
她帶著小愛回到秋田。連
續劇大受好評，但小愛暫
停了演藝活動。
那天早上，
小愛蹦蹦跳跳地
離開了。

第199夜◎炸雞親子丼

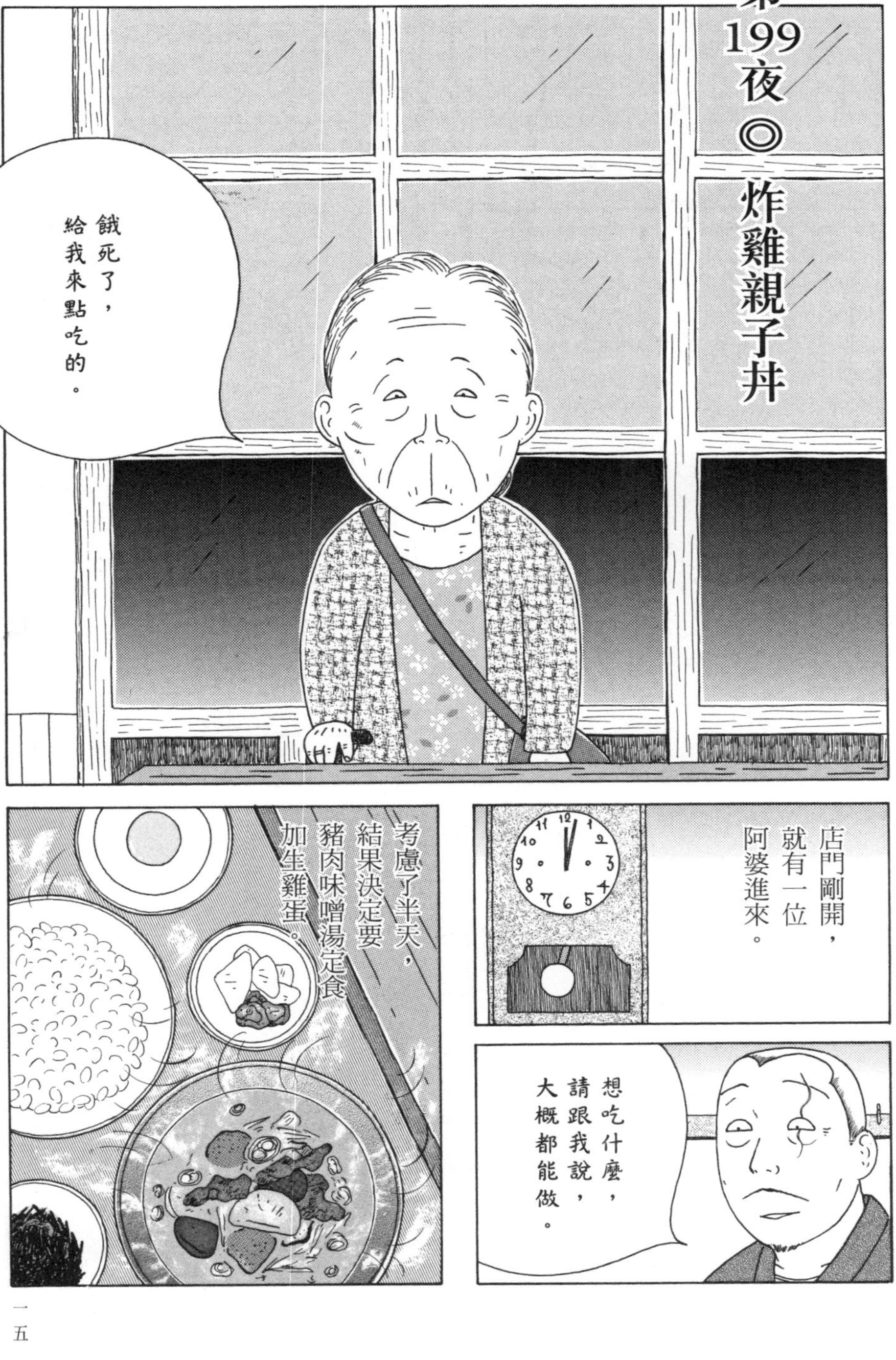
餓死了，給我來點吃的。
店門剛開，就有一位阿婆進來。
想吃什麼，請跟我說，大概都能做。
考慮了半天，結果決定要豬肉味噌湯定食加生雞蛋。

呼。
吸 吸 吸
……
喀喳 喀喳
小哥，再給我半碗飯好嗎？
抱歉，飯不夠啊！胃口真不錯。
到處走走肚子就餓了。

來。
謝謝。
小哥你知道一家叫做「一匹狼」的牛郎店嗎？我聽說在歌舞伎町。
您要去牛郎店？
不是，我孫子好像在那裡上班。我到東京來玩，想順便去看他。
歌舞伎町有很多牛郎店……您從哪來的？
仙台。
完全沒有口音呢！
我是東京人，嫁到仙台去。

大家好。
歌舞伎町的陪酒女郎來到店裡，問了她們……
那是里奧的店吧？
啊，對，是里奧的店。
老闆認識啊，偶爾會來吃炸雞親子丼的里奧。
喔，是他啊。
對，就是他。帶我去他的店吧。
哎?!

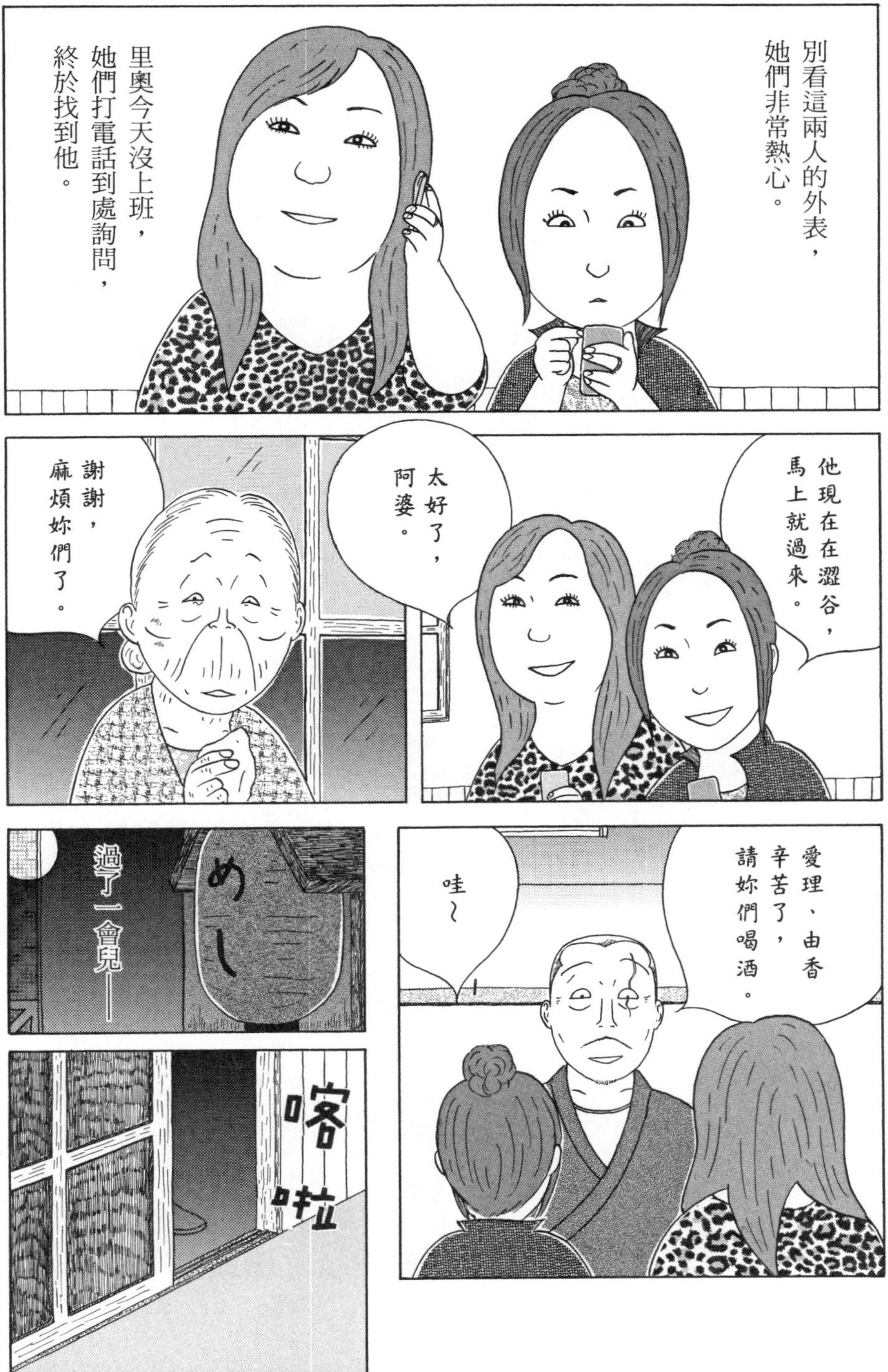
別看這兩人的外表，她們非常熱心。
里奧今天沒上班，她們打電話到處詢問，終於找到他。
他現在在澀谷，馬上就過來。
太好了，阿婆。
謝謝，麻煩妳們了。
愛理、由香辛苦了，請妳們喝酒。
哇～
過了一會兒——
喀啦

阿嬤！
?!
我是阿聰啊，阿嬤。
是阿聰?!長這麼大了。
里奧(阿聰)在父母離婚後，到父親的老家仙台跟阿嬤一起住到國一。之後母親在東京再婚，就把他接走了。
太好了。
嗯。
本家的秀一說在新宿碰到了阿聰。
對，我突然碰到了秀一哥。

太好了。多久沒見啦？
每位客人限點三杯
八年……不，九年了吧，阿嬤。
這麼久了啊！
看見阿嬤就想吃阿嬤做的炸雞親子丼了。
就是啊，阿嬤的炸雞親子丼是世界第一。
哎喲。
這傢伙一直不滿意我做的，說跟阿嬤的不一樣。
我想吃世界第一的炸雞親子丼。
我也是。
您願意做嗎？我來幫忙，我也想吃阿嬤的炸雞親子丼。

阿嬤、做嘛！
好吧……
久等了。
哇!!

好吃～～！！
阿嬤的炸雞親子丼
真的非常好吃。
里奧把愛睏的阿嬤
送回旅館時，
已經三點多了。
……
カンカラ
WHY

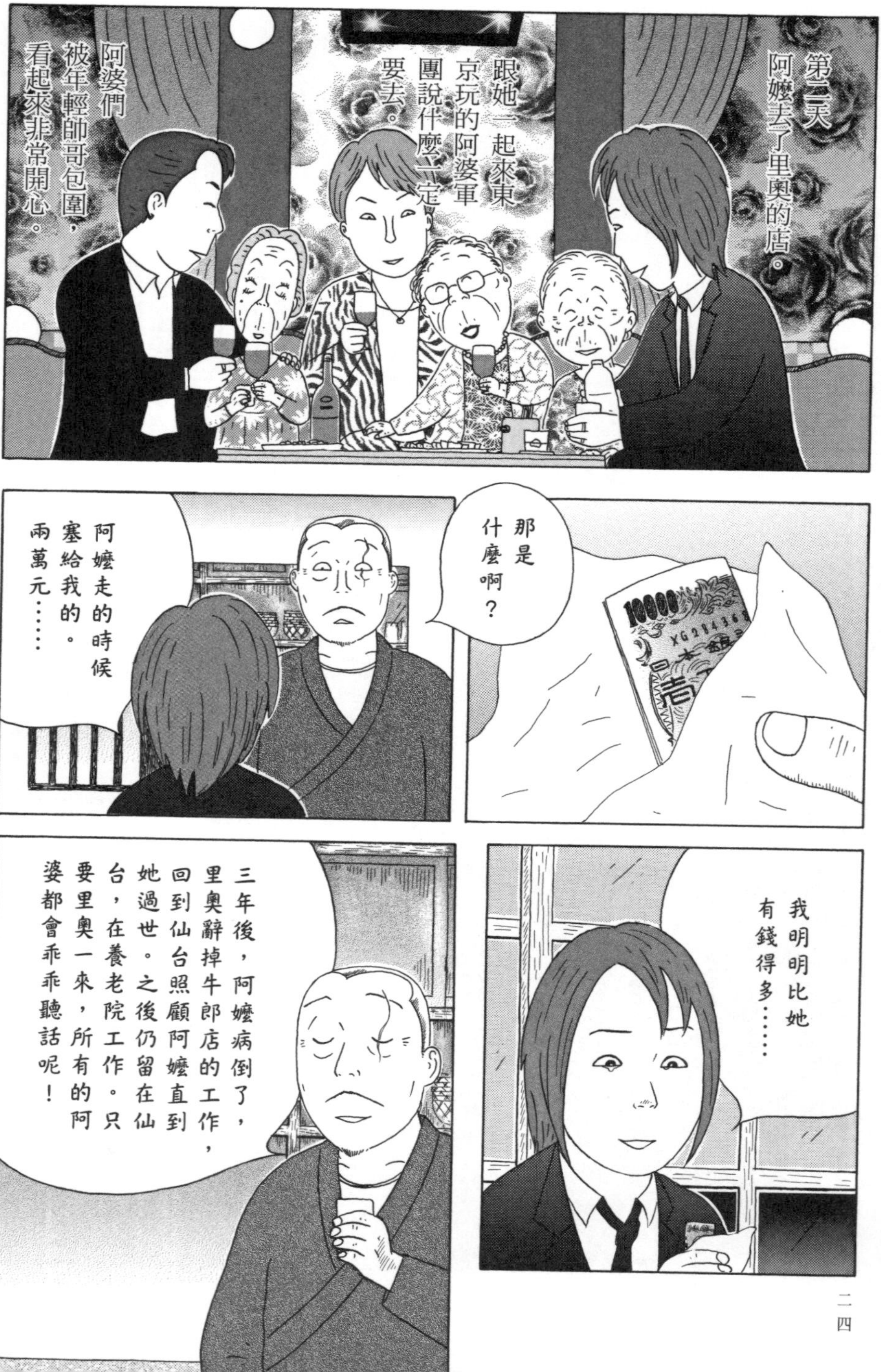
第二天
阿嬤去了里奧的店。
跟她一起來東京玩的阿婆軍團說什麼一定要去。
阿婆們被年輕帥哥包圍，看起來非常開心。
那是什麼啊？
阿嬤走的時候塞給我的。兩萬元……
我明明比她有錢得多……
三年後，阿嬤病倒了，里奧辭掉牛郎店的工作，回到仙台照顧阿嬤直到她過世。之後仍留在仙台，在養老院工作。只要里奧一來，所有的阿婆都會乖乖聽話呢！

第 200 夜 ◎ 酒釀醃蘿蔔

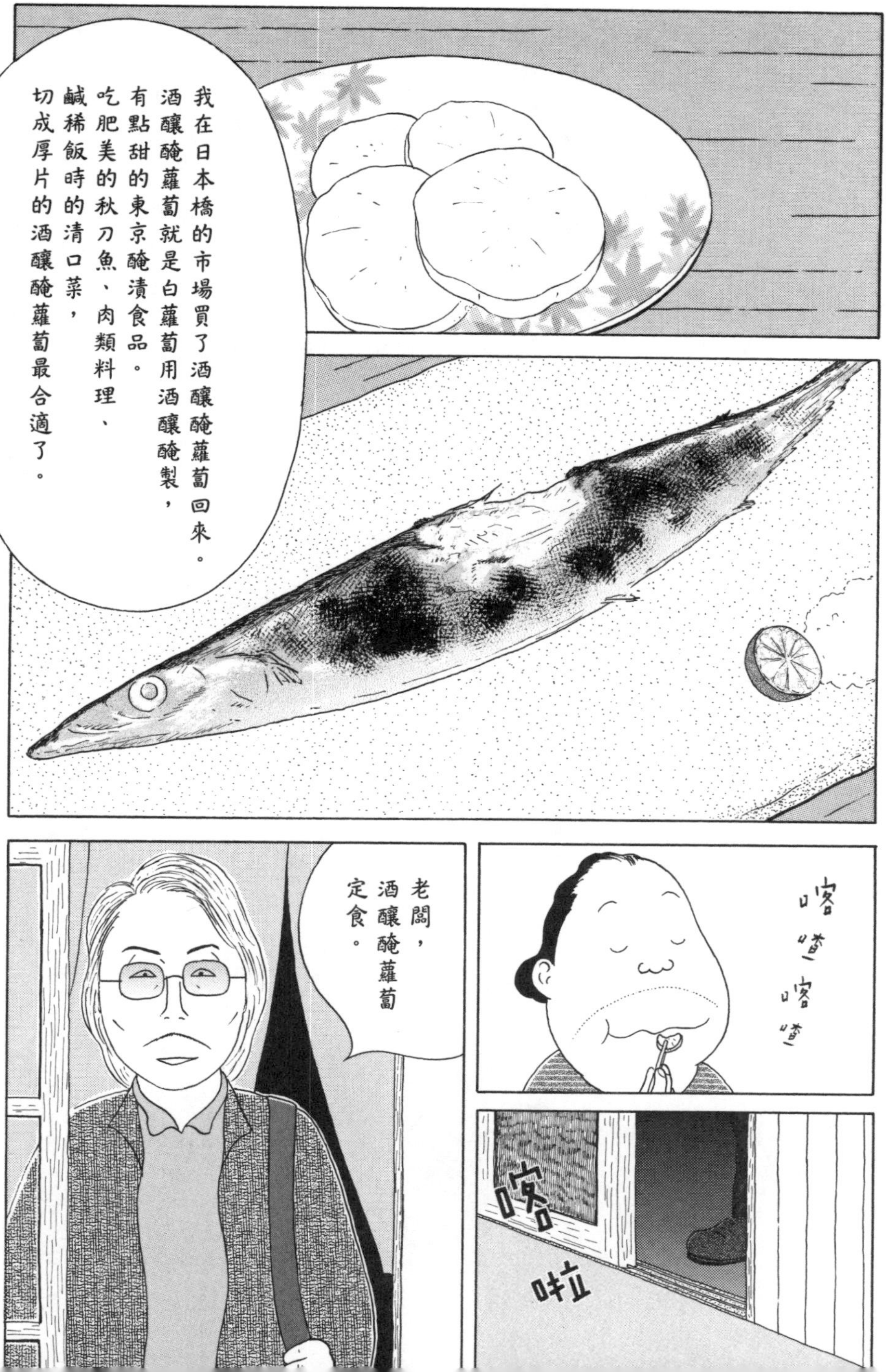
我在日本橋的市場買了酒釀醃蘿蔔回來。酒釀醃蘿蔔就是白蘿蔔用酒釀醃製，有點甜的東京醃漬食品。吃肥美的秋刀魚、肉類料理、鹹稀飯時的清口菜，切成厚片的酒釀醃蘿蔔最合適了。
喀喳喀喳
喀啦
老闆，酒釀醃蘿蔔定食。

酒釀醃蘿蔔定食是倉田先生自己取的菜名，其實就是豬肉味噌湯定食加上大盤酒釀醃蘿蔔。
喀喳喀喳
嘶嘶嘶
啊，果然酒釀醃蘿蔔就是要配焙茶。
好像終於恢復成原來的倉田了。
勉勉強強啦……最近開始相親活動了。
哎，怎麼回事？

倉田離婚了。
離婚?!倉田先生夫婦不是感情很好嘛！
夫妻關係真是太脆弱了。
……
倉田是攝影師，前妻在家做翻譯，倉田出外景離家一個月，回來後因為一點小事跟太太吵架。
我說要離婚，還不就順口說說……
我老婆就回說那就離吧！兩星期後就離婚了。她沒要贍養費，只要我負擔接下來兩年兒子的學費。
哎。

最近我老婆翻譯的小說成了暢銷書，搞不好是看準這個時機。
相親活動是怎樣的活動？
我到專門辦中年人士婚姻諮詢的機構登記，今天跟第三位女性見面了。
有這種地方啊?!怎樣進行的？
我登記是攝影師，想認識我的人不少。也有對攝影有興趣的女士。今天見到的那位很聊得來，還是個美女。
那就替我介紹吧，那家婚姻諮詢所。
兩週後——
倉田先生參加相親活動啊……
他非常有女人緣，但我真嚇了一跳，倉田先生夫婦感情真的很好……
小道也是攝影師，算是倉田先生的晚輩。

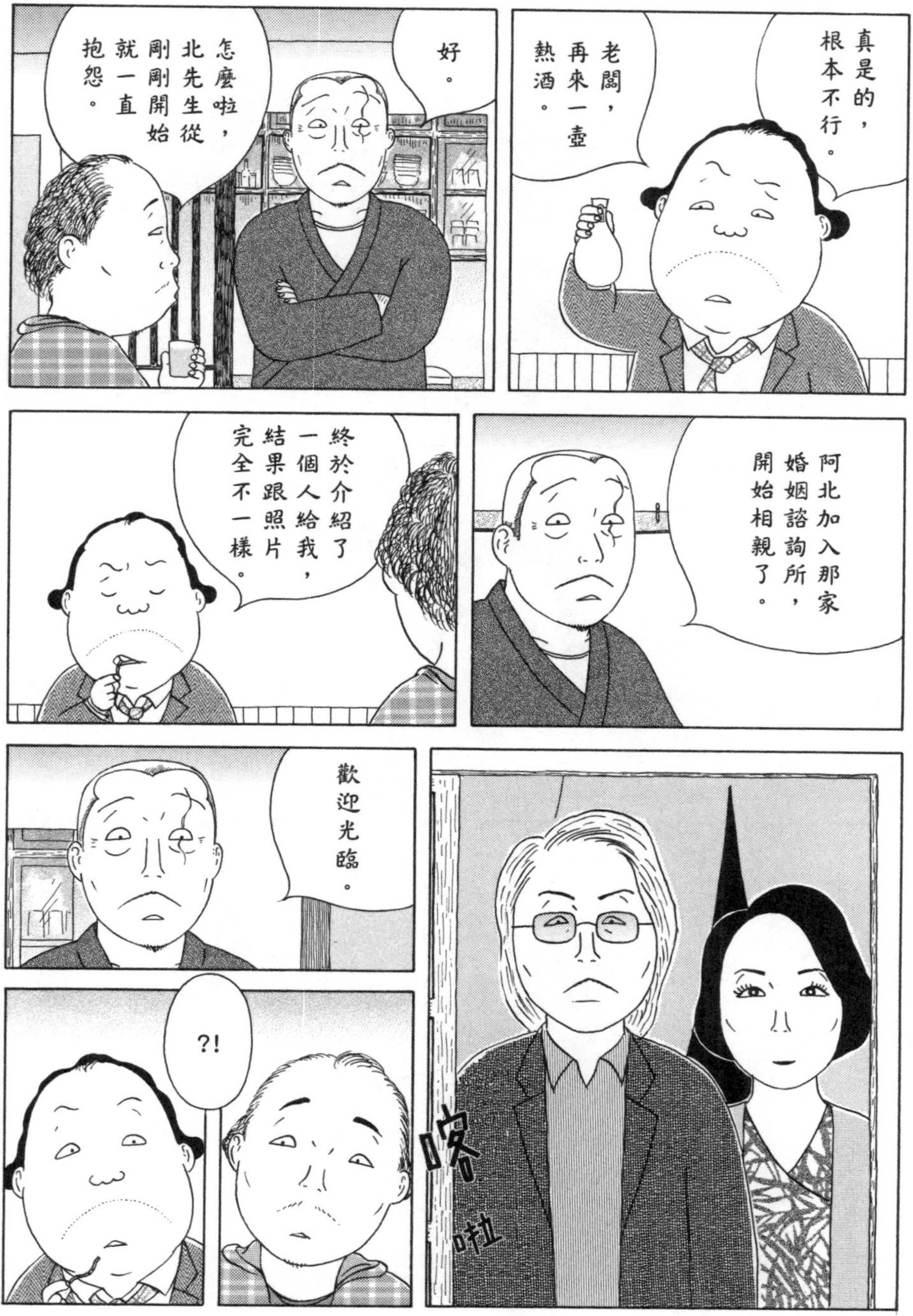

真是的，根本不行。
老闆，再來一壺熱酒。
好。
怎麼啦，北先生從剛剛開始就一直抱怨。
阿北加入那家婚姻諮詢所，開始相親了。
終於介紹了一個人給我，結果跟照片完全不一樣。
喀啦
歡迎光臨。
?!

果然還是這種店比較自在。
那就好。
喀喳
您喜歡酒釀醃蘿蔔啊。
嗯，很喜歡。
我也很喜歡。
……

倉田送她回家之後……
真是個不錯的女人。
嗯。
我想請倉田先生介紹我去那家婚姻諮詢所呢，我也是攝影師。
啊，真討厭。
哼，攝影師什麼東西啊！
喂，阿北。
混蛋！太不公平了！
要安撫阿北真費了不少力氣。

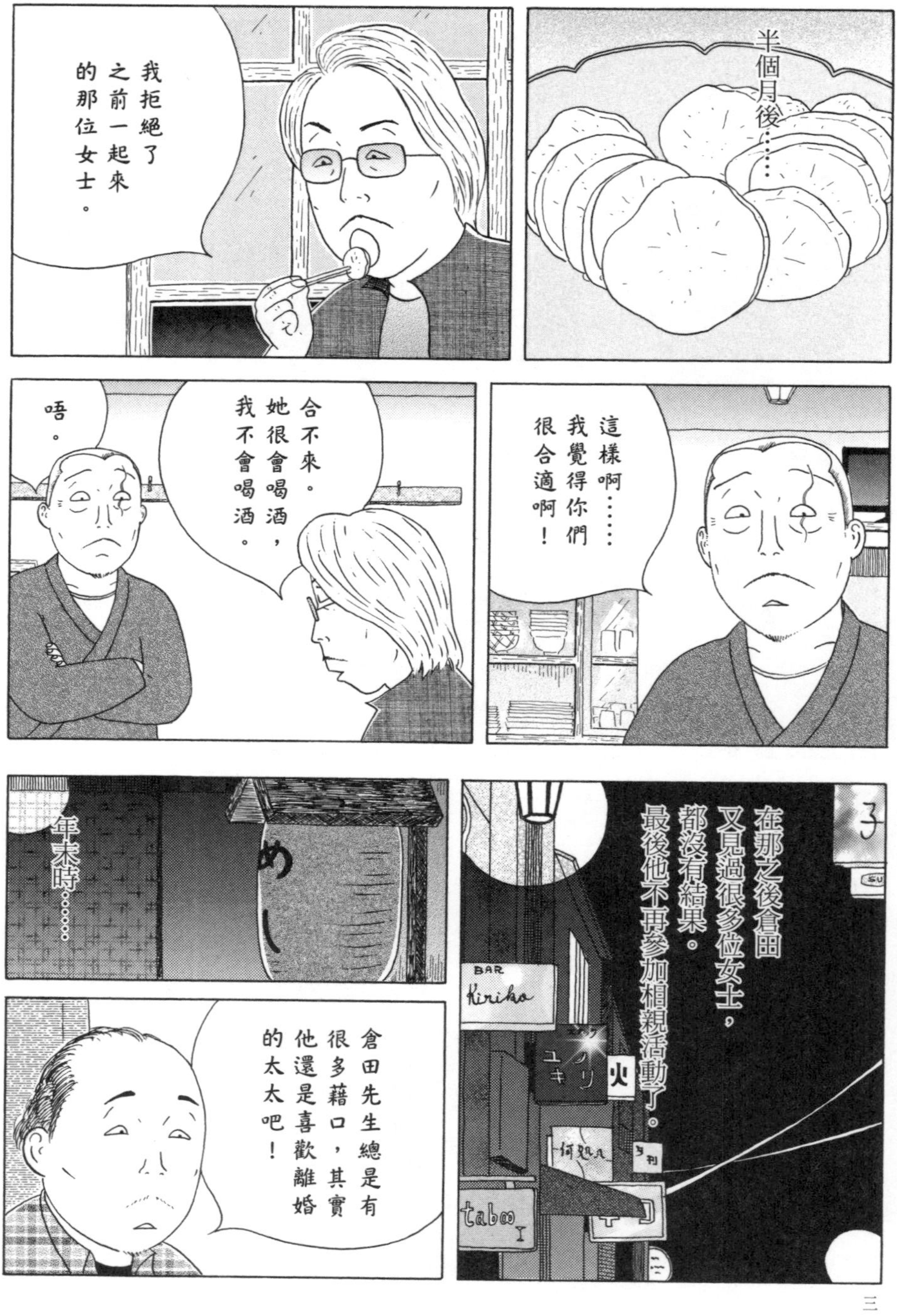
半個月後……
我拒絕了之前一起來的那位女士。
這樣啊……我覺得你們很合適啊！
合不來。她很會喝酒，我不會喝酒。
唔。
在那之後倉田又見過很多位女士，都沒有結果。最後他不再參加相親活動了。
BAR
Kiriko
taboo
めし
年末時……
倉田先生總是有很多藉口，其實他還是喜歡離婚的太太吧！

他不要給我就好了，顯然他太太是個好女人啊！
他太太……
長得非常難看，
又很胖。
人不可貌相。
我真想見見倉田的前妻。
咦?!

隔了很久，倉田在初春的時候來了。
今天在飯店大廳碰到我前妻。
親愛的。
她變瘦、變時髦了，還割了雙眼皮。
哎……
我喜歡以前像酒釀醃蘿蔔一樣的老婆……
我只覺得心裡一涼……

第201夜◎蛋包炒麵
蛋包炒麵、大碗白飯，久等了。
我開動了。
吃飯比戀愛重要，每次看到佳代我都這麼覺得。
店裡的大胃女王是真由美，佳代算是大胃公主吧！

喂，現在？在新宿……很近啊，要來嗎？嗯，門口有門簾，很容易找……
我朋友。從小學到大學一直混在一起。是美女喔，不過有點遲鈍。
哎。
是美女嗎?!
喀啦
歡迎光臨。
我餓了，妳在吃什麼？
蛋包炒麵。
分我一點好嗎？
嗯。

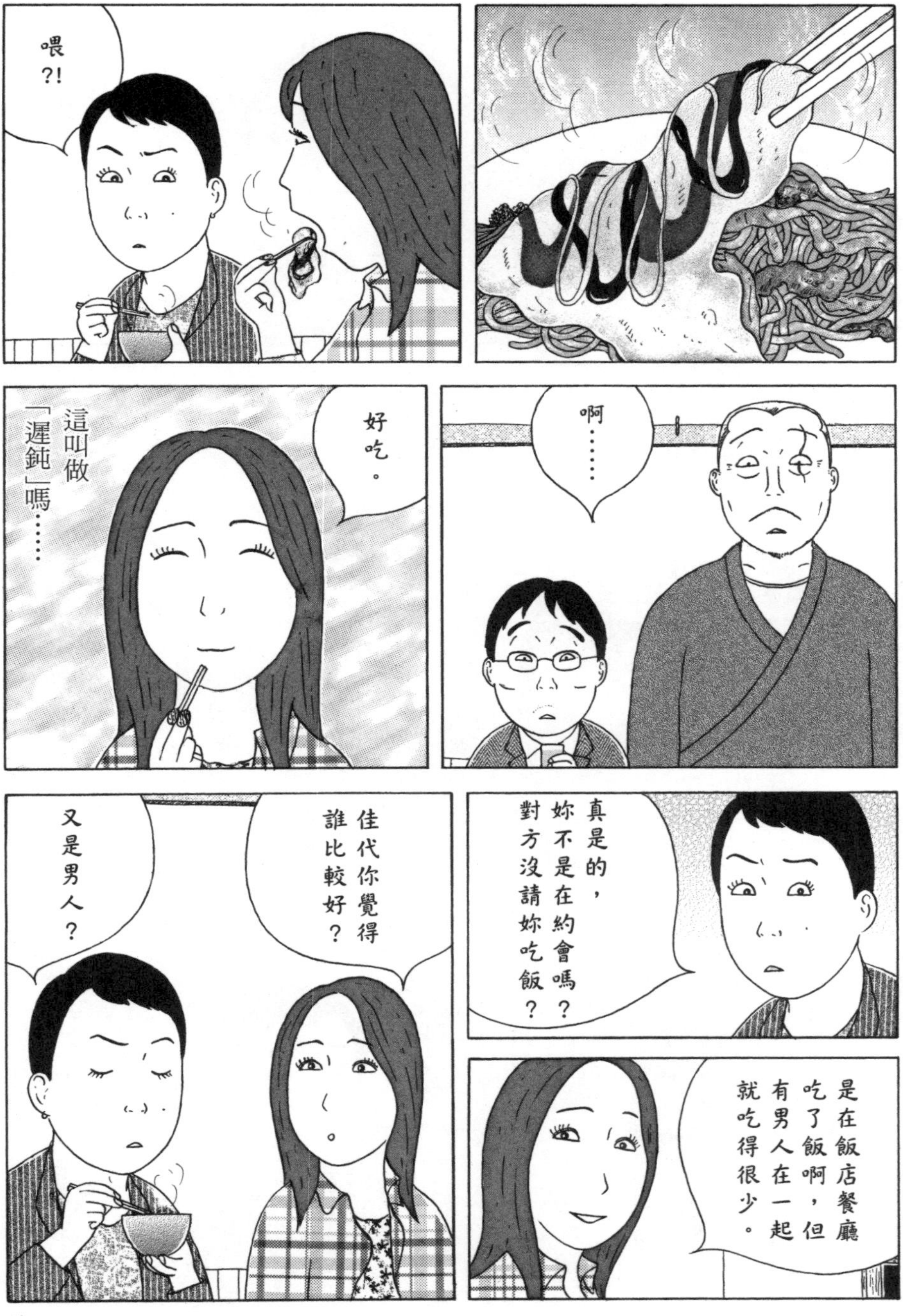
喂?!
啊……
好吃。
這叫做「遲鈍」嗎……
真是的，妳不是在約會嗎？對方沒請妳吃飯？？
是在飯店餐廳吃了飯啊，但有男人在一起就吃得很少。
佳代你覺得誰比較好？
又是男人？

嗯……一個是醫生，人很好，但很醜。另外一個很帥，也很談得來，但是沒錢。
莉紗，以前不是也講過同樣的事？
以前是什麼時候？
去年這個時候吧！
那不一樣。那之後我立刻認識了有錢帥哥。
啊，那個人不僅是媽寶，還是個M。
對。
喂，莉紗還要吃的話就自己點啊。
吃一點有什麼關係，小氣！

莉紗吃完了佳代的蛋包炒麵之後說還想多喝酒聊聊，兩人就去喝酒了。
BAR 1/3
那孩子有點與眾不同。
嗯，真神奇。
兩週後——
突然把蛋包炒麵的蛋皮吃掉，嚇了我一跳。
莉紗嗎？哈哈。那女孩心直口快啦，她沒有惡意的，就是遲鈍。
該怎麼說莉紗呢，
很讓人擔心，無法不管她。這種樣子或許很吸引男人……

啊，之前妳們聊過的，莉紗小姐後來跟誰交往了？
喔，沒錢帥哥。莉紗總是做出錯誤的選擇。
不管怎麼說她都不聽，之前也是，與其說是找我商量，其實是跟我炫耀。
滿嘴說要幸福像口頭禪一樣。
啊，佳代的戒指……
啊，不好意思。我……前天訂婚了。
我們交往很久了……

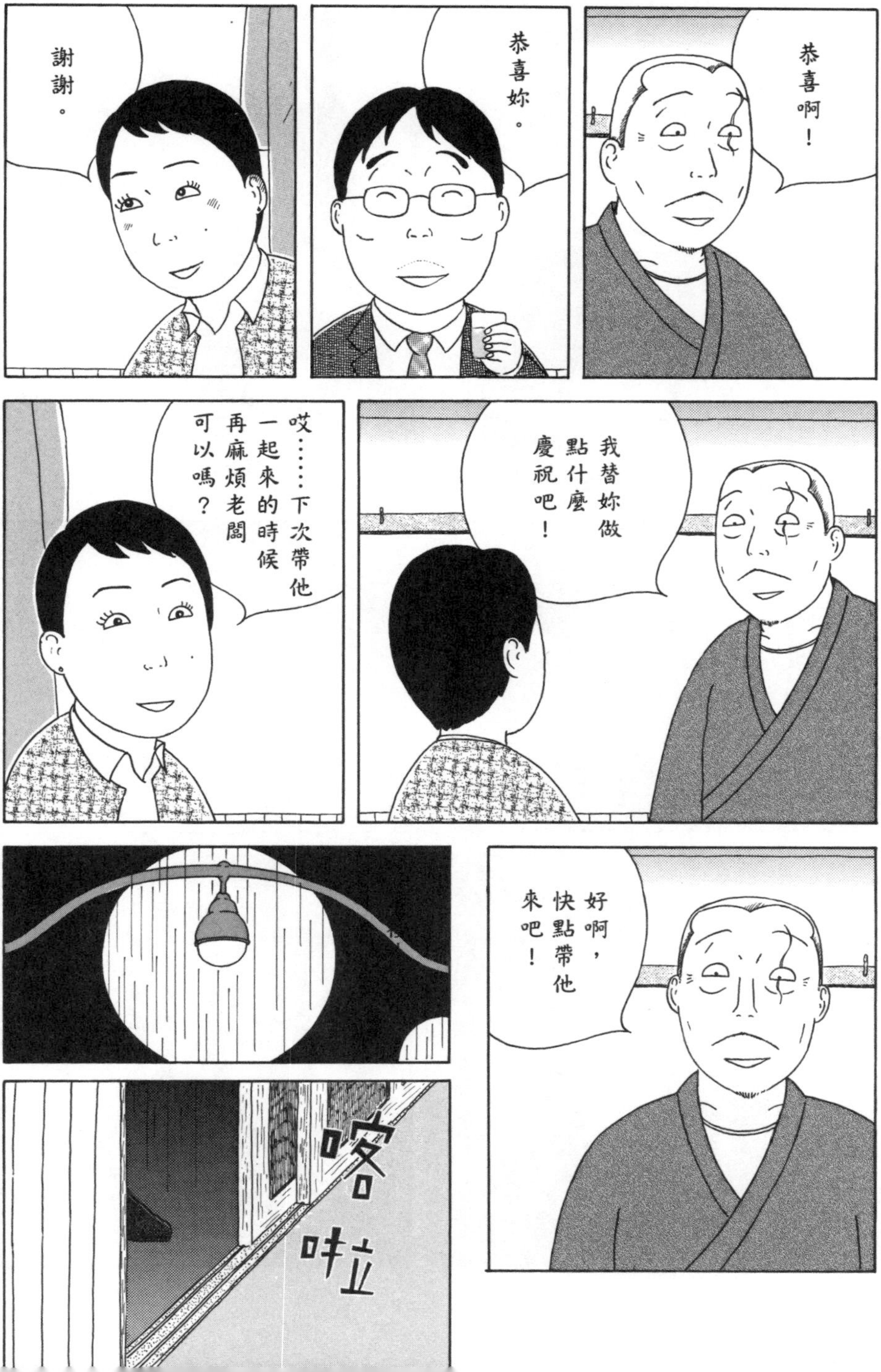
恭喜啊！
恭喜妳。
謝謝。
我替妳做點什麼慶祝吧！
哎……下次帶他一起來的時候再麻煩老闆可以嗎？
好啊，快點帶他來吧！
喀啦

怎麼啦？
我跟佳代絕交了。
太過分了吧……我們是好朋友耶！
有男朋友一直不告訴我，還突然訂婚了。而且還是在我跟男友分手的時候。
妳跟帥哥分手了嗎？
他腳踏兩條船。

對不起沒跟妳說。
一直都是遠距離戀愛，老實說究竟會怎樣我也不知道。
什麼啊？
太過分了！只有佳代自己幸福，我才不想看到妳幸福的樣子！
莉紗……
原來說了很惡毒的話啊。
妳們是好朋友……
我們曾是好朋友的……

過了半個月之後，佳代一個人來了。
我們曾是好朋友啊……
國中的時候一直說喜歡我的人跟莉紗交往了……我從那個時候就嚇到了吧！
……
我也很過分吧！
我們是好朋友的說。

第202夜◎金平蓮藕

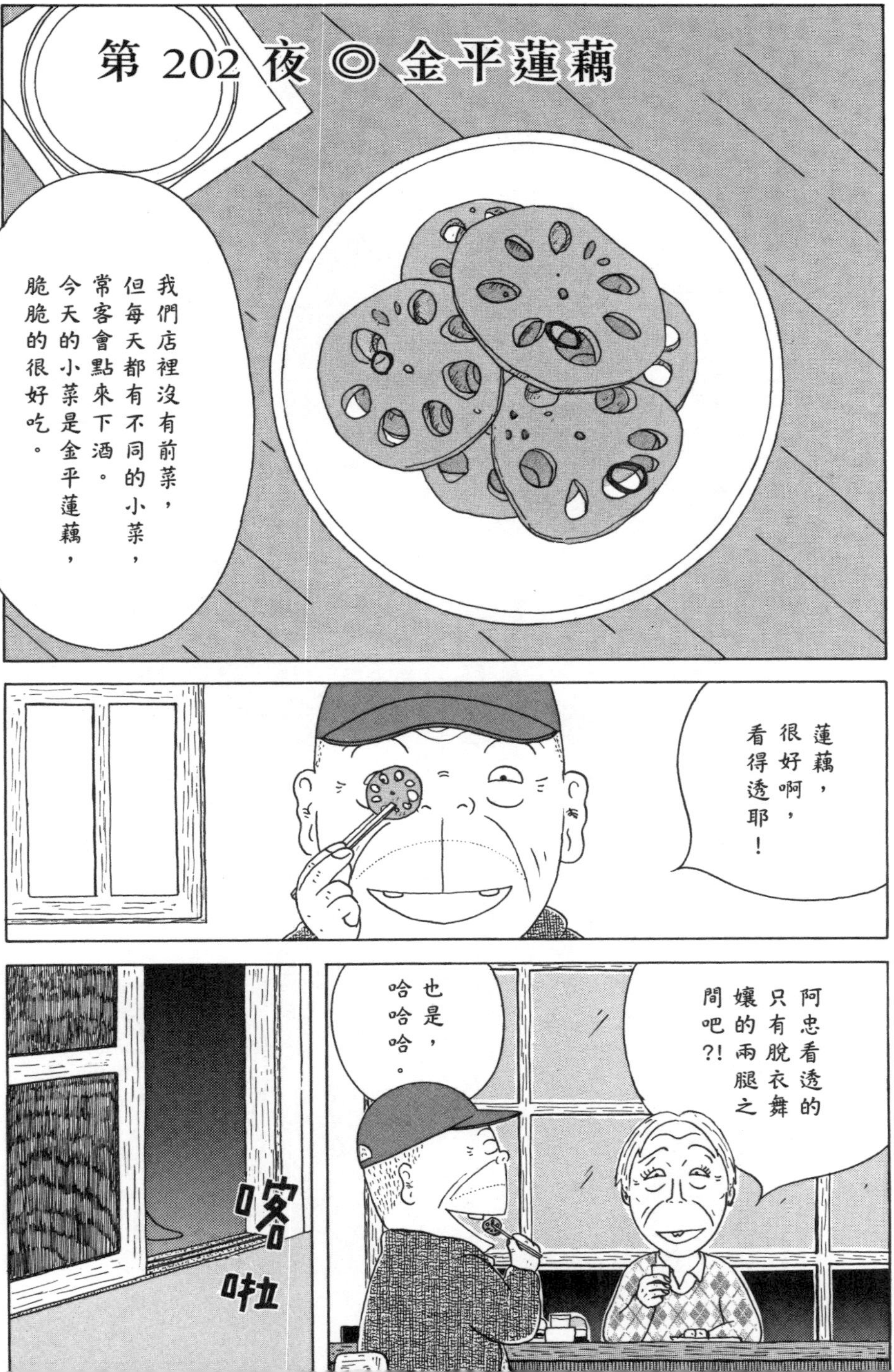
我們店裡沒有前菜，但每天都有不同的小菜，常客會點來下酒。今天的小菜是金平蓮藕，脆脆的很好吃。
蓮藕，很好啊，看得透耶！
阿忠看透的只有脫衣舞孃的兩腿之間吧?!
也是，哈哈哈。
喀啦

啊——失策了。
小玉坐下來就這麼說。小玉是特約主播，做電視節目主持人和記者之類的工作。
發生什麼事了？
今天在飯店的派對上碰到以前交往的男人，五年沒見，當年他有一家小IT公司……
現在每年的營業額好幾十億……那時他還跟我求過婚。
太可惜了。妳甩了他？
嗯，我甩了他跟基金公司的男人交往。那個時候他很闊氣。
那個男人怎樣了？

雷曼兄弟時倒了。
小玉還是吃點蓮藕吧，能看透比較好。
也是。老闆，我也要蓮藕還要熱酒。
好。
看透的先見之明啊……我沒辦法的。
嗯?!好吃。
喀喳
後來還發生什麼事？
嗯……大學的時候我跟搞樂團的男生同居。他一直彈不出個名堂，喝了酒就發脾氣，我們就分手了。

過了一年，我聽見電視上有熟悉的聲音，他唱了連續劇的主題曲。
唉呀，是哪位？
我不想說，他現在很紅。
沒抓到的魚總是很大條啊！
沒錯，總是這樣。
老闆，再來一瓶熱酒。
好。
十天後——
めし
那天的小菜也是金平蓮藕。

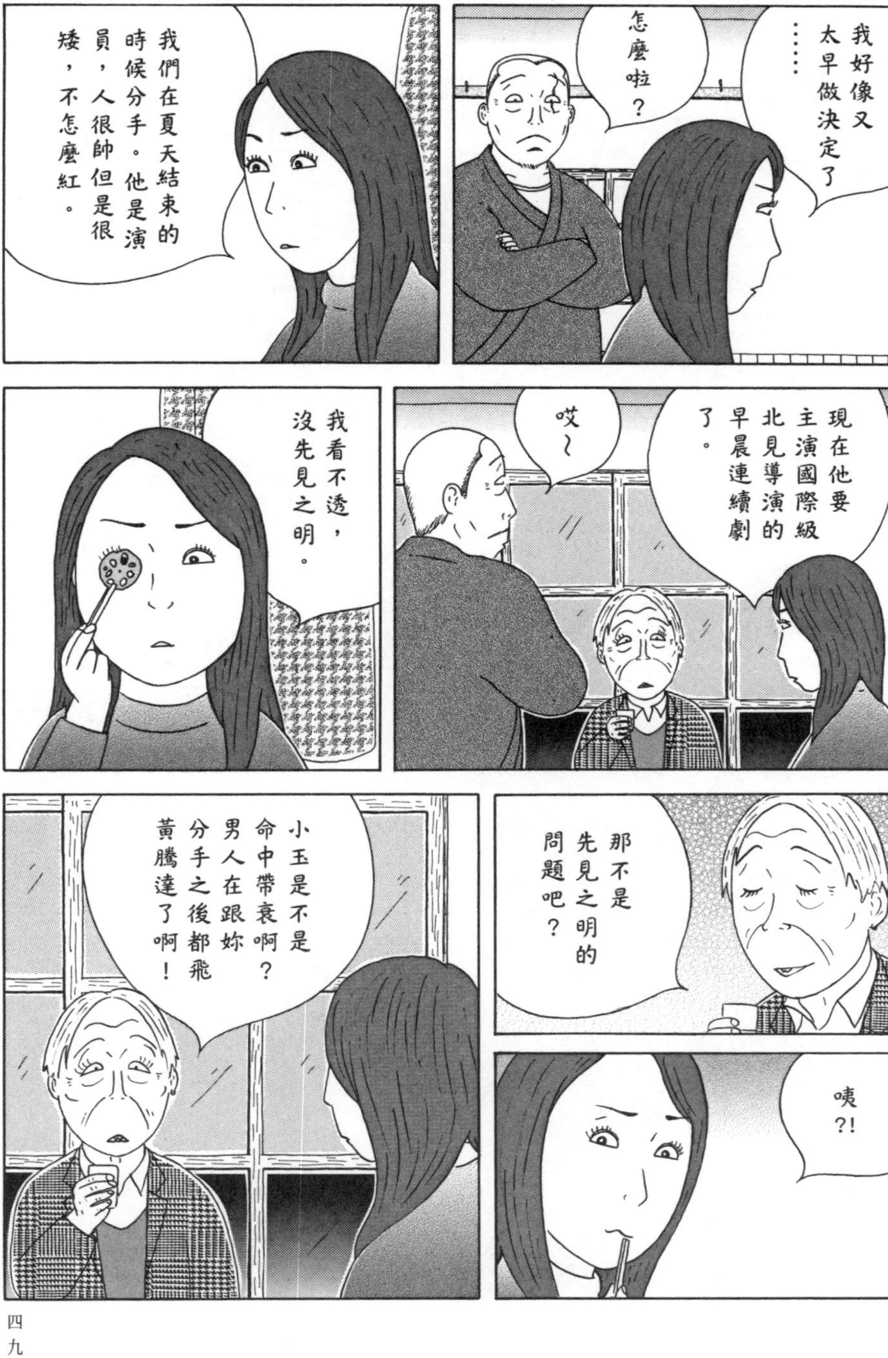
我好像又太早做決定了……
怎麼啦？
我們在夏天結束的時候分手。他是演員，人很帥但是很矮，不怎麼紅。
現在他要主演國際級北見導演的早晨連續劇了。
哎～
我看不透，沒先見之明。
那不是先見之明的問題吧？
小玉是不是命中帶衰啊？男人在跟妳分手之後都飛黃騰達了啊！
咦?!

我帶衰?!
大家好。
喀啦
歡迎光臨。
帶衰……
這不是小玉嗎?
哎……
啊,阿淳。
玉木老師的朋友嗎?
嗯。

玉木這個筆名就是用她的名字取的。
?!
哎?!
玉木老師？
這位是暢銷作家玉木淳一老師。
真的成了作家……
嗯……
玉木老師跟小玉分手半年後，就得了新人獎。第二年跟現在的太太結婚，每一部作品都很暢銷。小玉沮喪得要命。

搞不好真的帶衰……
新年時——
又失敗了。
又來了？
我……懷孕了。
對方是？
比我小九歲的上班族，說要跟我結婚。
那很好啊。
他人很好，但也就這樣而已了。滿靠不住的，非常普通。

人好最重要。今天沒有金平蓮藕，但有跟雞肉一起煮的蓮藕，要吃嗎？
嗯……
好。
久等了。
啊，好好吃。
也有普通但是好吃的東西啊！
二月底，小玉帶他來了。
果然是人很好但看起來靠不住的男人。

小玉好像也是後來才知道。他是德島某個大連鎖企業的繼承人，將來會回老家當社長。
既然是小開，幹嘛隱瞞身分跟小玉交往？
女孩子只要知道我的家世，眼神馬上就變了，讓我很不舒服……只有小玉一直都沒改變，對我很溫柔。
啊，真不錯，小玉變鳳凰啦！
果然看透了不是嗎，小玉。
小玉，恭喜妳。
哈哈，謝謝。
是誰說過未來無法預測的？

第 203 夜 ◎ 金針菇培根卷

金針菇是沒有什麼特色的食物，但用培根捲起來的話質感就提昇了。用平底鍋煎一下，以胡椒鹽調味，烤肉醬之類的都可以，跟啤酒非常搭。
服部一直都點這道。
嗯。
服部有點像金針菇呢！

常有人這麼說。皮膚很白，沒什麼特色，感覺靠不住，淋了熱水就軟掉了。
我沒說到這個地步啊！
沒關係，我不介意。
喀啦
啤酒，還有能烤厚片培根嗎？
好。
……

花田小姐……？
?!
服部先生……
咚
在公司能替我保密嗎？
她是陪酒的小蜜糖。白天是公司的約聘員工，原來跟服部同一家公司。
我知道。絕對不會說。
非常感謝……啊，要不要吃這個？
謝謝。要嚐嚐這個嘛？雖然有點涼掉了。
?!

金針菇培根卷啊……
服部先生有點像金針菇。
常有人這麼說。
對不起……這不是稱讚吧，那我吃了。
嗯?!好吃。
服部先生，這要怎麼處理才好？

這個呀，嗯……有點麻煩，我來做好了。
……
是喔，那就麻煩您了。
是啊，她應該不希望你去。
好吧。
めし
我去花田小姐的酒店不太好吧！
喀啦

怎麼辦……今天晚上業務部的高木部長到店裡來了
?!
我什麼也沒說……
我知道。他說是客戶帶他來的……
我這下怎麼辦啊……
高木先生啊……他在女人方面的風評很不好。
他以前好幾次邀我去吃飯，我都拒絕了。
嗯~~~

對不起，跟服部先生說也沒用，是我自己不好。
……
再去一家好嗎？最後到赤坂的格蘭大飯店吧！
……
謝謝光臨。

嗯?!
咻
怎麼啦？
沒事。
到赤阪……
砰
喂，
不要碰那個女人，前面紅綠燈讓她下車！

你說什麼？你是什麼人?!
看看自己左邊胸口。
割到內衣了吧，下次就刺到心臟啦！
怎麼了？
到赤坂格蘭大飯店地下入口。
……

咦……
在那之後……高木部長就不來找我了，好像也沒在公司說出去。

那不是很好嘛。要不要吃一塊金針菇培根卷？趁熱吃。
可別說出去喔，我親眼見過的。夏天店裡有蟑螂，服部就……
金針菇捲上培根就變好吃了。
是啊！
服部搞不好是忍者的後代……

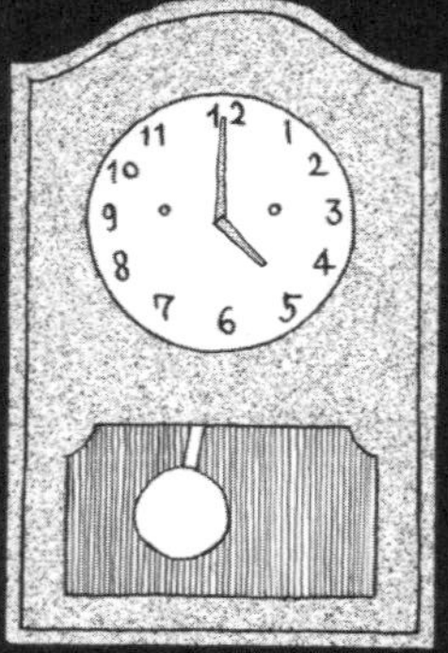

清晨5時

第204夜
奶油燉菜與烤魚
下雪的日子大家一定點奶油燉菜，小牧卻有點不一樣……
10CC
BAR
今天有烤什麼魚？
秋刀魚。
那就秋刀魚和奶油燉菜定食。

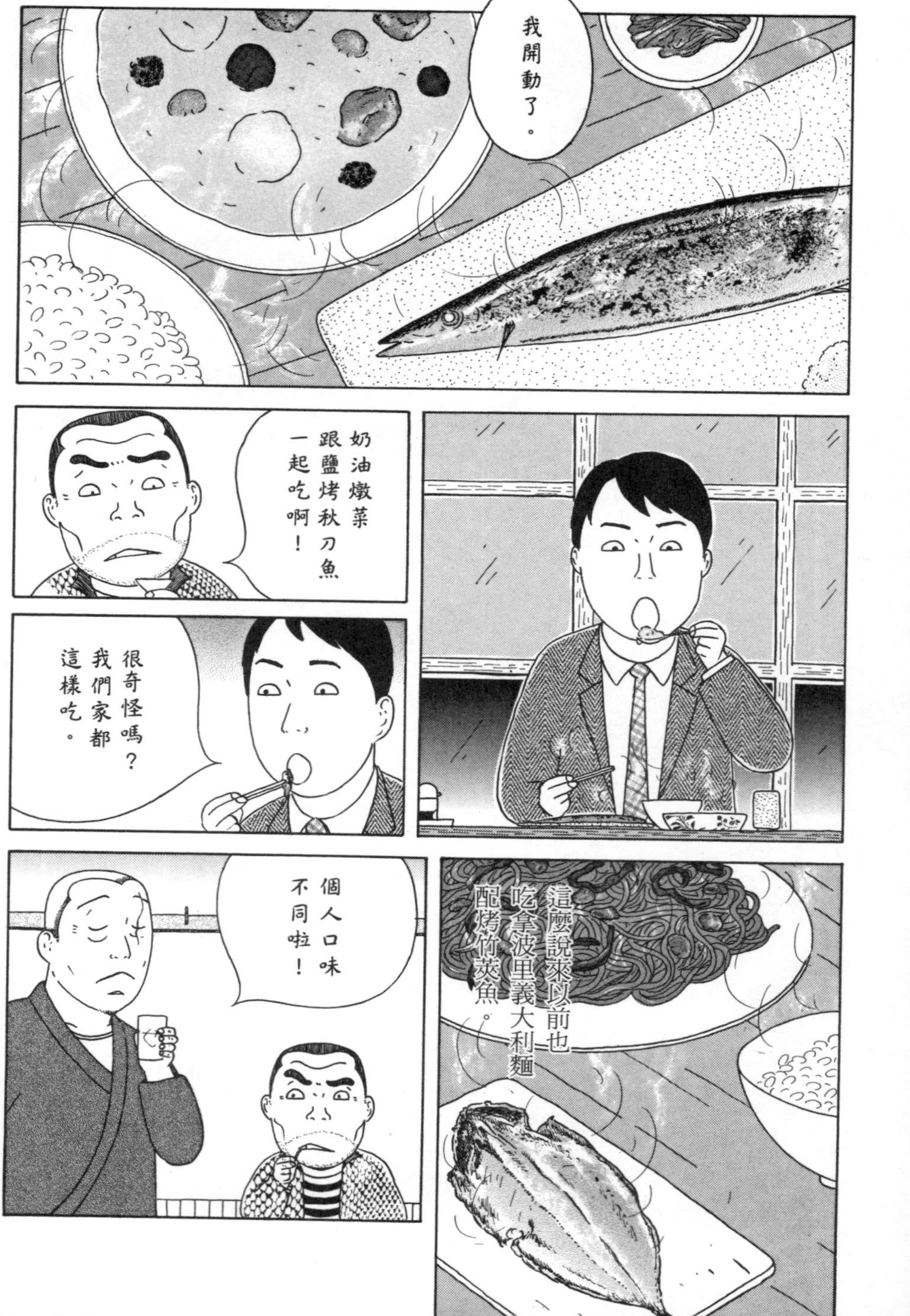
我開動了。
奶油燉菜跟鹽烤秋刀魚一起吃啊！
很奇怪嗎？我們家都這樣吃。
這麼說來以前也吃拿波里義大利麵配烤竹莢魚。
個人口味不同啦！

梅子。
鮭魚。
鱈魚子。
許久不見的茶泡飯三姊妹。
好。
果然他最棒了。
嗯，雖然很笨拙。
就沒有那種男人嘛。
妳們說誰啊？
跟我一起住好嗎？
澤村玄啊，我們去看了電影《夜雪》，玄先生太棒了。

真是完全被打敗了。
那就是男人的魅力嗎……
茶泡飯久等了。
以前也有人說過我像他。
澤村玄。
根本不像好嗎?!
就是!
啥?!
像誰？
啊?!
哎?!
他很像！

請問……有人說過你像澤村玄先生嗎？
有嗎？
嗯?! 這麼說來有點像。
偶爾……有人這麼說。
都是留美一直盯著他害他回去了！
對啊！
有什麼關係，看看又不會少塊肉。妳們不是也一直盯著他看！
老闆，那是誰啊？
小牧嗎，聽說是一般的上班族。

那也未免太高檔了吧?!
就是，簡直像模特兒。
小牧啊……
於是小牧的粉絲俱樂部就這樣突然成立了，對小牧來說很困擾就是了。
一週後——
後來他又來過嗎？
誰啊？
小牧啊！
還有誰。
啊，想見小牧的話，下雪天來吧。他會來吃奶油燉菜。
沒錯，但是我還是覺得奶油燉菜配烤魚不合。

此時在店裡一角玩手機的八郎……
啊！
怎麼啦，不要突然嚇人。
澤村玄去世了。
咦?!
玄先生生病的事沒有告訴任何人，電影拍完之後就住院了。
當天晚上店裡就像守靈一樣，玄先生的粉絲不分男女啊！
隔了許久小牧在一月底下雪的日子來了。
めし
めし

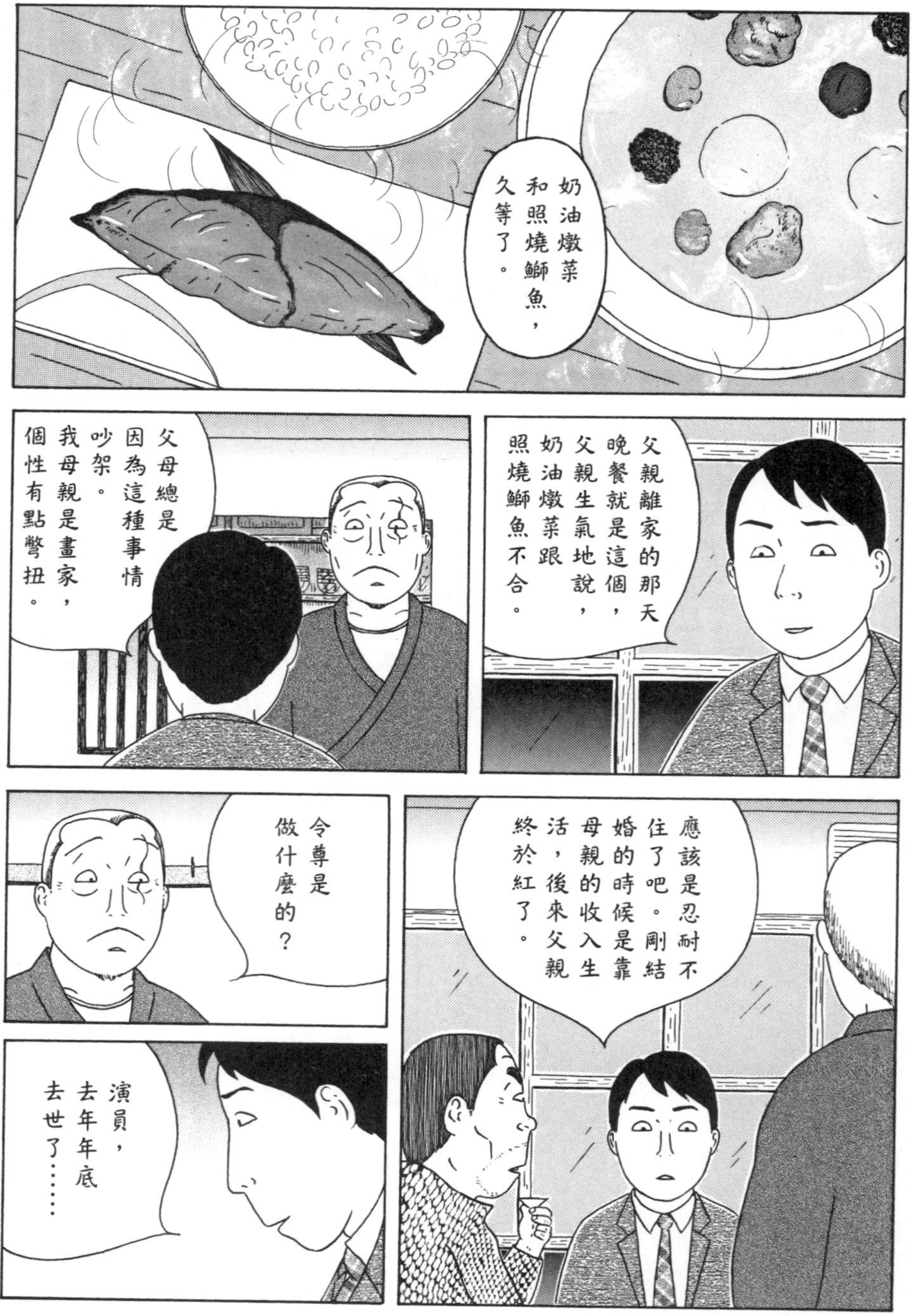
奶油燉菜和照燒鰤魚，久等了。
父親離家的那天晚餐就是這個，父親生氣地說，奶油燉菜跟照燒鰤魚不合。
父母總是因為這種事情吵架。我母親是畫家，個性有點彆扭。
應該是忍耐不住了吧。剛結婚的時候是靠母親的收入生活，後來父親終於紅了。
令尊是做什麼的？
演員，去年年底去世了……

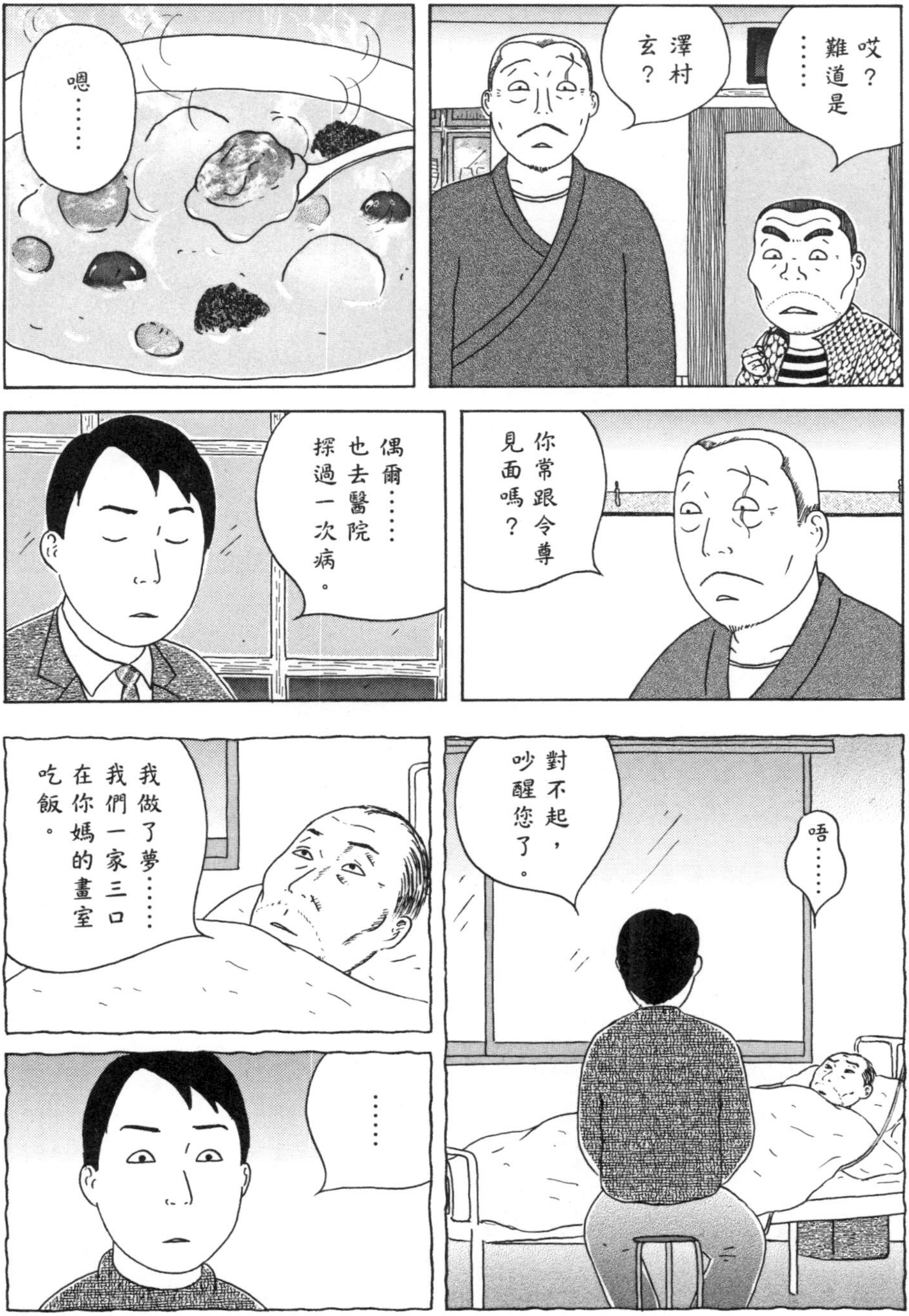
哎？難道是……
澤村玄？
嗯……
你常跟令尊見面嗎？
偶爾……也去醫院探過一次病。
對不起，吵醒您了。
唔……
我做了夢……我們一家三口在你媽的畫室吃飯。
……

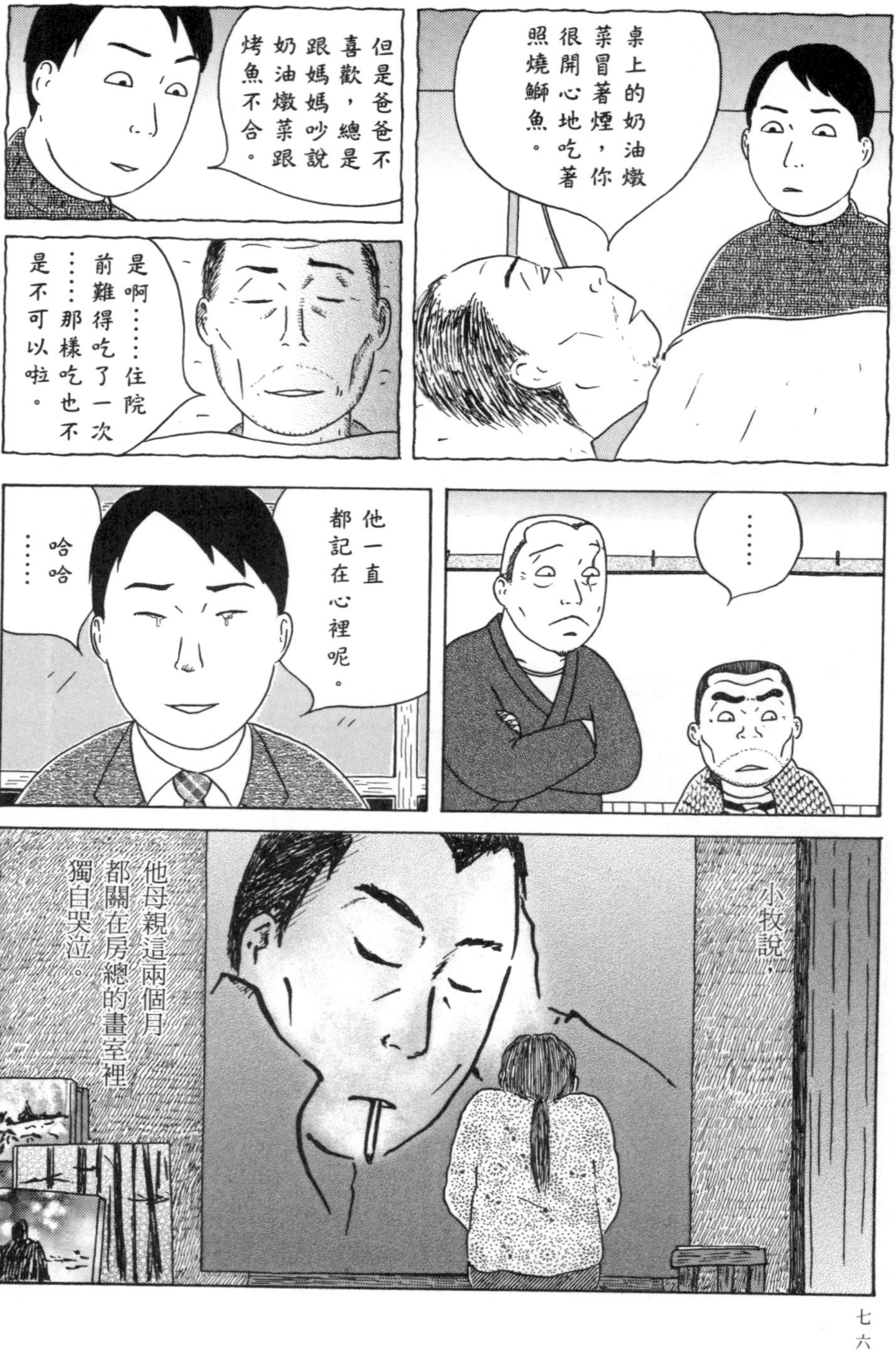
桌上的奶油燉菜冒著煙，你很開心地吃著照燒鰤魚。
但是爸爸不喜歡，總是跟媽媽吵說奶油燉菜跟烤魚不合。
是啊……住院前難得吃了一次……那樣吃也不是不可以啦。
……
他一直都記在心裡呢。
哈哈……
小牧說，
他母親這兩個月都關在房總的畫室裡獨自哭泣。

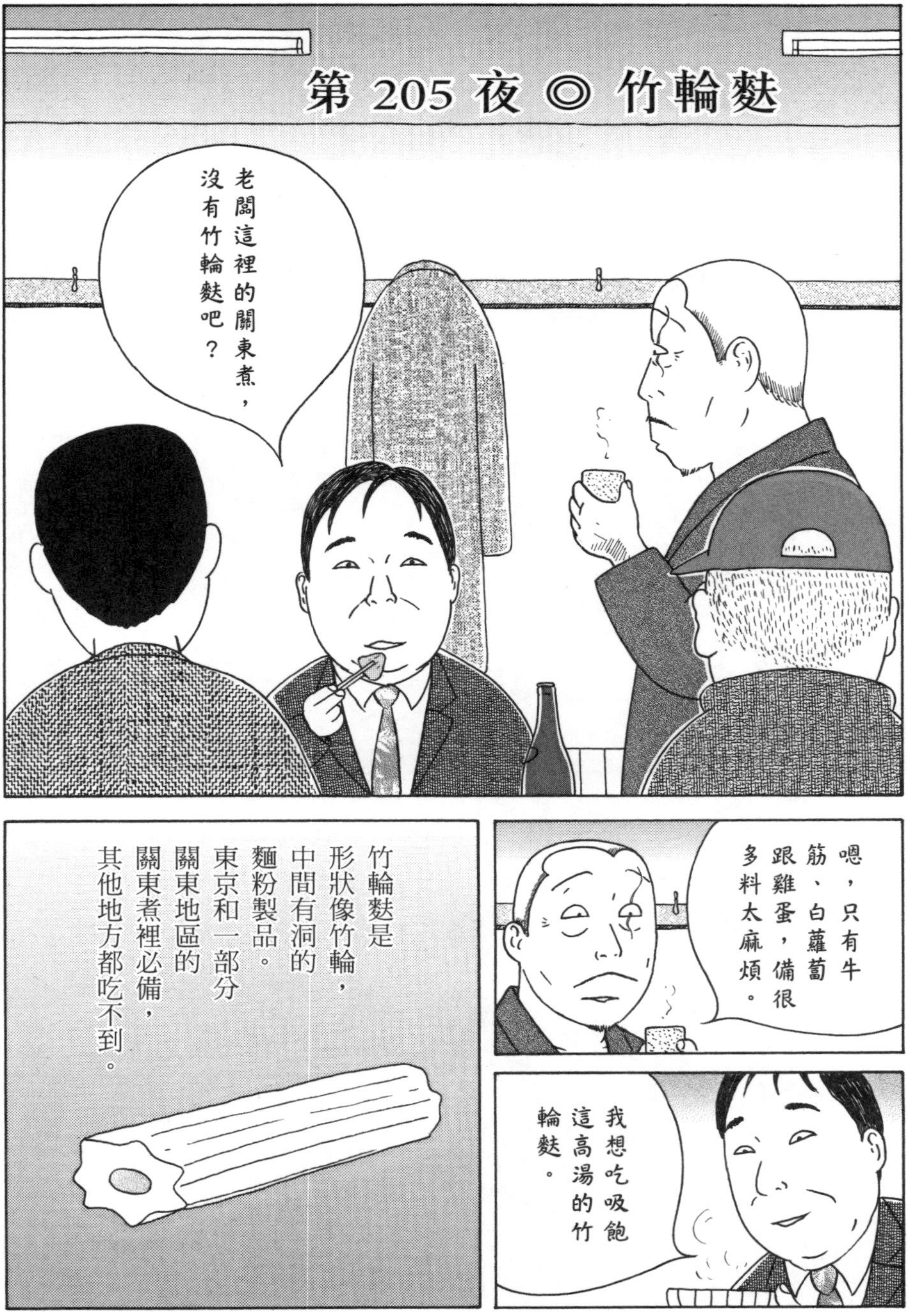
第205夜◎竹輪麩
老闆這裡的關東煮，沒有竹輪麩吧？
嗯，只有牛筋、白蘿蔔跟雞蛋，備很多料太麻煩。
我想吃吸飽這高湯的竹輪麩。
竹輪麩是形狀像竹輪，中間有洞的麵粉製品。東京和一部分關東地區的關東煮裡必備，其他地方都吃不到。

竹輪麩啊……
吸飽了高湯那種有嚼勁的口感真不錯。
我懂，東京的關東煮就要有竹輪麩。
啊，以前都沒提過，我也挺想吃關東煮的竹輪麩。
忠先生也想吃?!要是真由美同意的話，就加進去吧！
也是。最常吃關東煮的就是真由美了。
真由美會同意嗎？她那麼喜歡牛肉。
就在此時真由美來了。我們說了竹輪麩的事……
喀啦

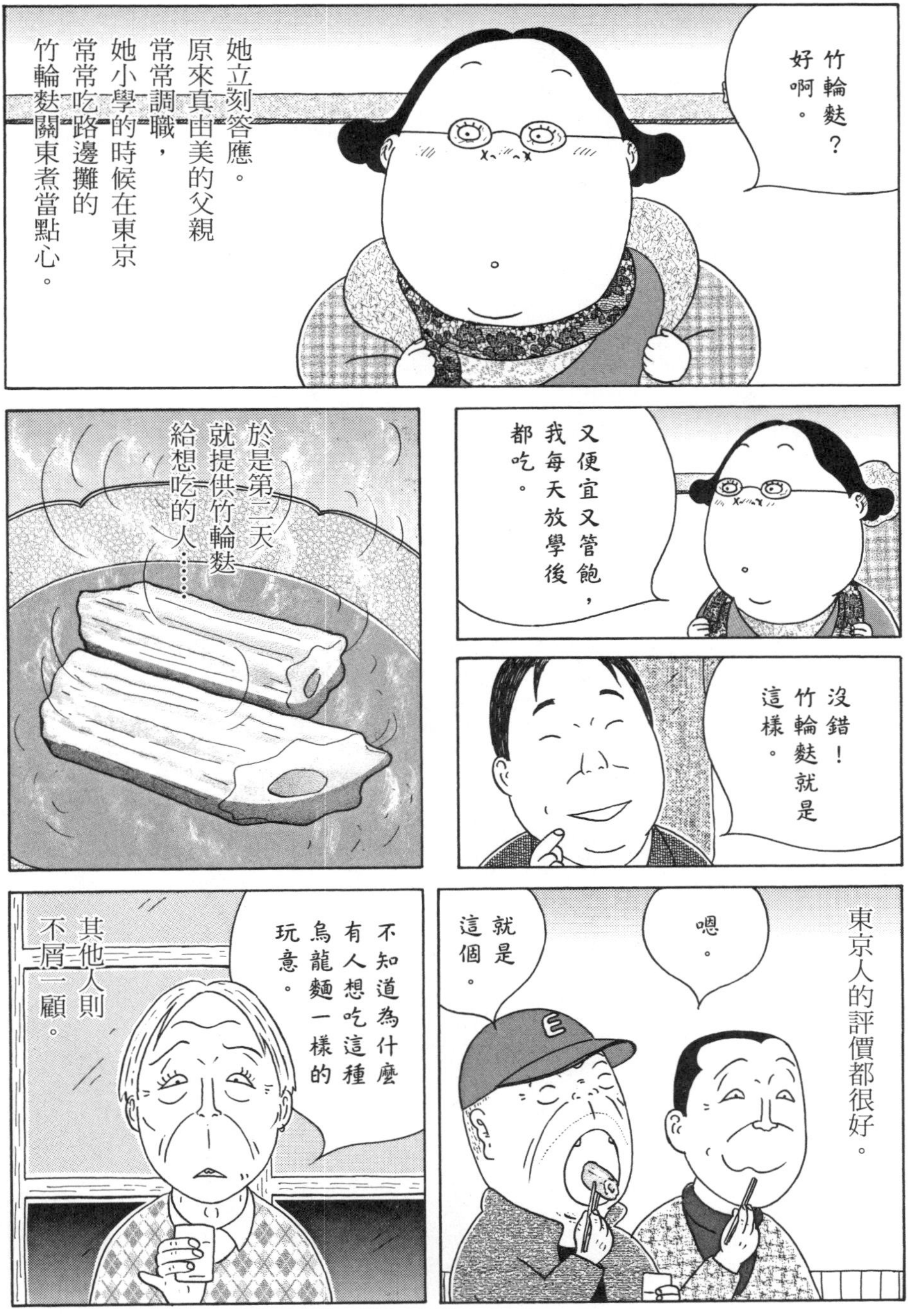
竹輪麩？好啊。
她立刻答應。原來真由美的父親常常調職，她小學的時候在東京常常吃路邊攤的竹輪麩關東煮當點心。
又便宜又管飽，我每天放學後都吃。
沒錯！竹輪麩就是這樣。
於是第二天就提供竹輪麩給想吃的人……
東京人的評價都很好。
嗯。
就是這個。
不知道為什麼有人想吃這種烏龍麵一樣的玩意。
其他人則不屑一顧。

外面煮得有點糊了，
不像白蘿蔔和魚板那樣全部吸飽關東煮的味道，中間還留著竹輪麩有彈性的口感，真好。
很好吃。
小竹先生真會描述。
人家不懂。
關東煮和啤酒。
喀啦
真由美，有竹輪麩喔。
竹輪麩？等下再吃。

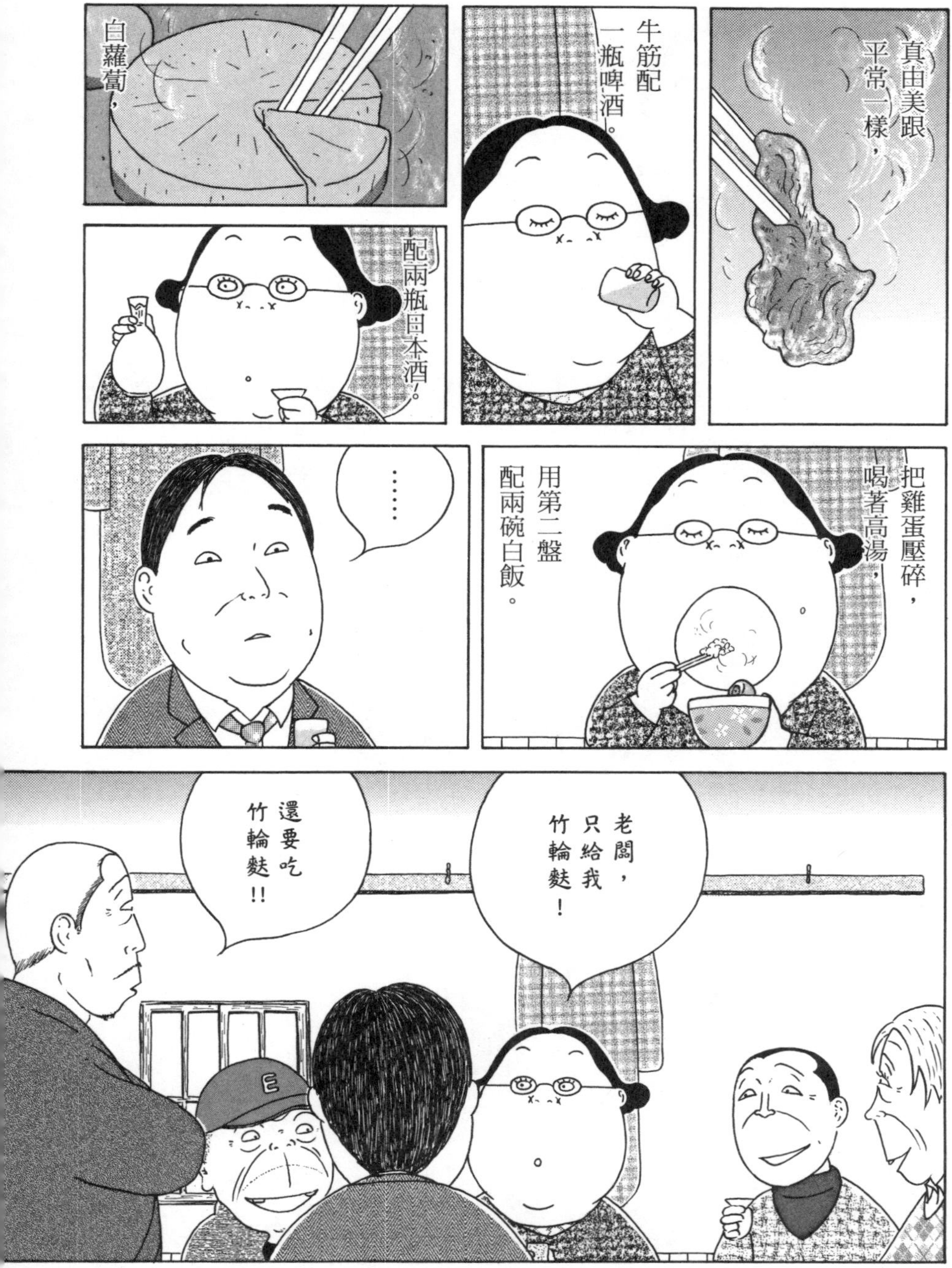
真由美跟平常一樣，
牛筋配一瓶啤酒。
白蘿蔔，
配兩瓶日本酒！
把雞蛋壓碎，喝著高湯，
用第二盤配兩碗白飯。
……
老闆，只給我竹輪麩！
還要吃竹輪麩!!

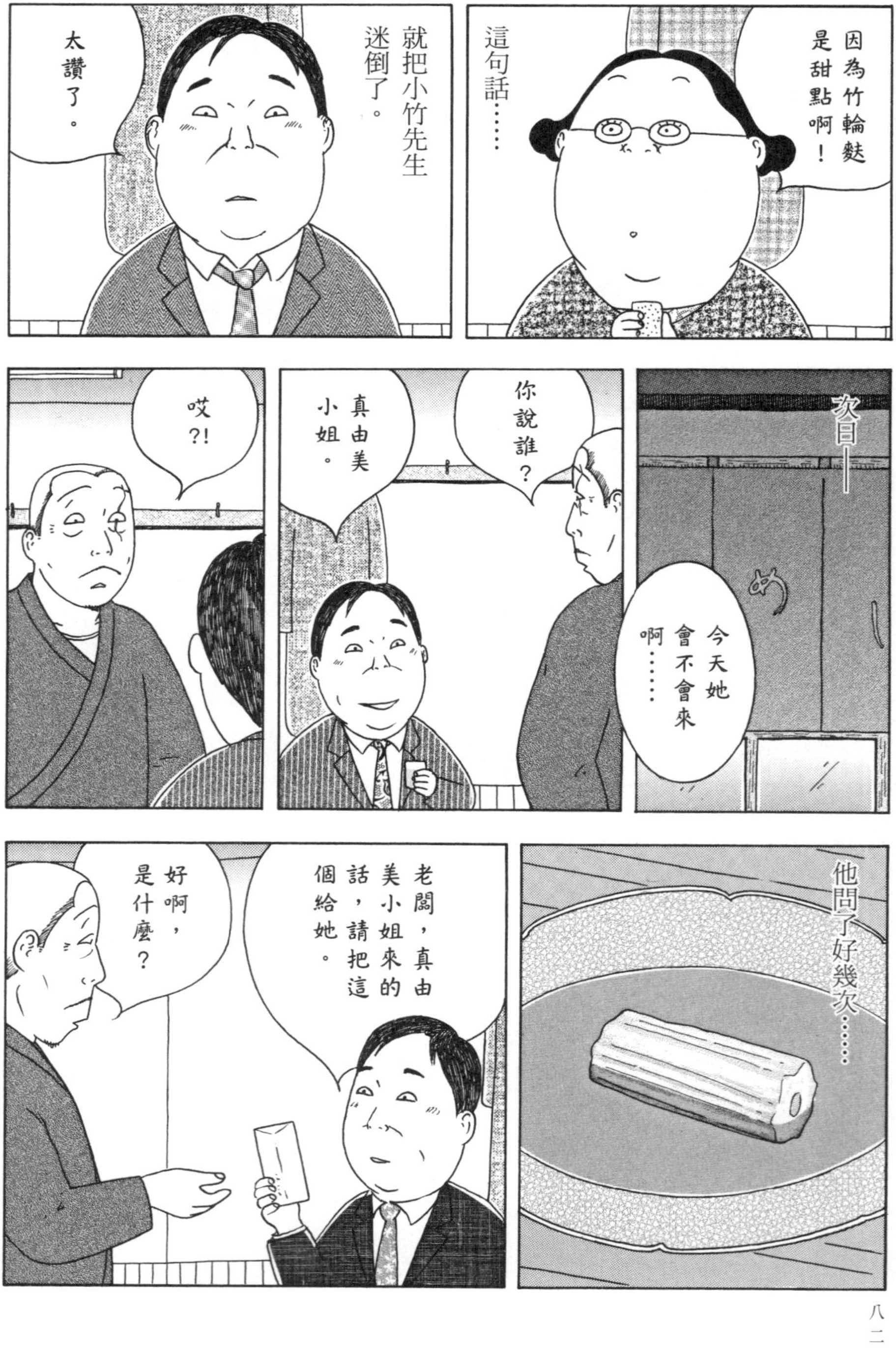
因為竹輪麩是甜點啊！
這句話……
就把小竹先生迷倒了。
太讚了。
次日──
今天她會不會來啊……
你說誰？
真由美小姐。
哎?!
他問了好幾次……
老闆，真由美小姐來的話，請把這個給她。
好啊，是什麼？

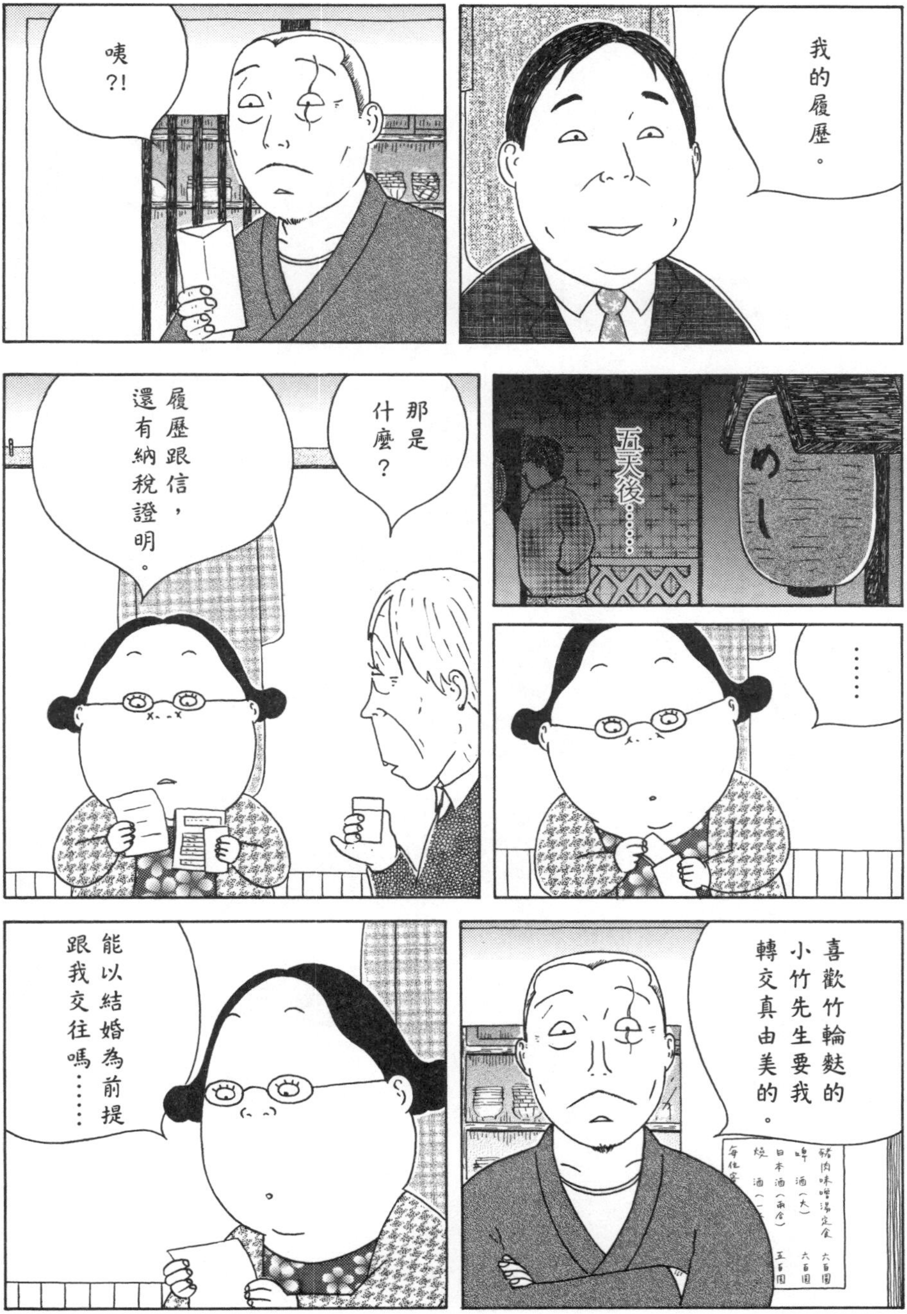
我的履歷。
咦?!
五天後……
めし
那是什麼？
履歷跟信，還有納稅證明。
……
喜歡竹輪麩的小竹先生要我轉交真由美的。
豬肉味噌湯定食 六百円
啤酒(大) 六百円
日本酒(兩合) 五百円
能以結婚為前提跟我交往嗎……

啥?!
小竹先生是做什麼的?
代書,年收入三千四百萬。
什麼~~!!
哎喲,太好了啊。
那個有點胖,看起來正經八百的人是吧,不是我的類型。
有什麼關係,就約會一次啊!搞不好會請妳吃好吃的牛肉呢。
哎?!牛肉啊……

那就跟他出去一次吧。
要是不行的話請介紹給我們，他的朋友也可～以喔！
於是真由美就跟小竹先生約會了。第一家店是高級燒肉，第二家是關東煮店，一路大吃大喝。
他去洗手間的時候，我把最後剩下的竹輪麩吃掉了。
然後呢？
他回來以後……
啊，竹輪麩呢？
我吃掉了，我以為你不吃了。

哎?! 我是把喜歡的東西留到最後吃的……
我覺得不好意思，又叫了一份，但是賣完了……
本來就是我的竹輪麩……
……
一直囉嗦個不停，我就把錢放在桌上走人了。
我討厭這種小家子氣的男人。
真由美說看見竹輪麩就有氣，店裡的關東煮就不加竹輪麩了。
這樣啊。

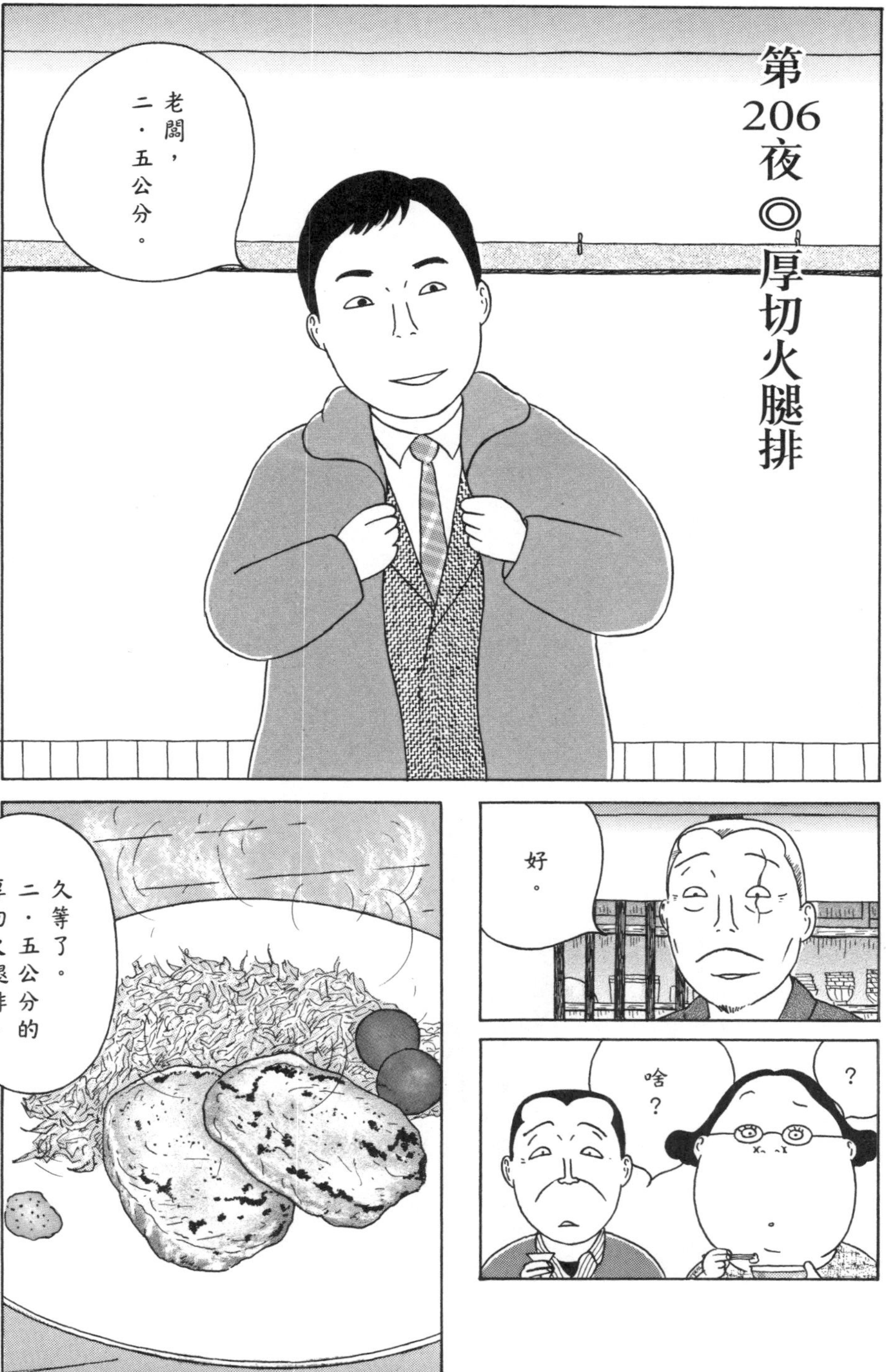
第206夜◎厚切火腿排
老闆，二・五公分。
好。
啥？
？
久等了。二・五公分的厚切火腿排。

嗯。
二·五公分，我還以為是什麼咧！
火腿的厚度啊！
我們家過新年的時候，都會把人家送的高級火腿切厚片煎來吃。
草壁這麼一說，才知道原來很多人家都這樣。所以店裡年尾和一月才準備厚切火腿排。
我小時候每到年尾，就會有個大叔送火腿來。
豬肉味噌湯定
啤酒（大）
日本酒（兩合）
燒酒（一杯）

送火腿的人！
唔，年尾從來沒收到過火腿。也沒吃過厚度兩公分以上的火腿。
喀啦
老闆，三公分。
好。
……
沙—
吉見小姐點三公分呢！
咦?!

不好意思，我是陰天劇團的粉絲，而且是吉見小姐的粉絲！
這樣啊，謝謝你。
吉見是陰天劇團的當家花旦，最近還演出電視劇。
久等了，三公分厚切火腿排。
哇。
吉見小姐家也有送火腿的人嗎？
送火腿的人？
年尾的時候送火腿禮盒的人。
啊，我家偶爾也有，但我沒吃過，我媽媽立刻就轉手送人。
借花獻佛啊，這很常見。

我家也是。所以來東京之後，我會買無骨火腿整條吃掉。
我也幹過這種事！
老闆，我也要三公分！
五天後——
めし
今天是公演第一天，有人送了綜合火腿禮盒。
哎。
又不是過年，大家都笑了。
我也這麼覺得，結果是一位中年大叔。
是不是草壁啊！
喀啦

啊，吉見小姐，我明天會去看演出。
謝謝。
今天有人送了吉見綜合火腿禮盒。
咦？我明天才要送的。
不好意思，火腿就不用了。
是誰送的啊?!
不認識，一個戴眼鏡的大叔。
神秘的火腿大叔啊……
陰天劇團 第18次公演
瑪莉小姐的羊年
那個人的身分……到公演最後一天才揭曉。
今日最後一場

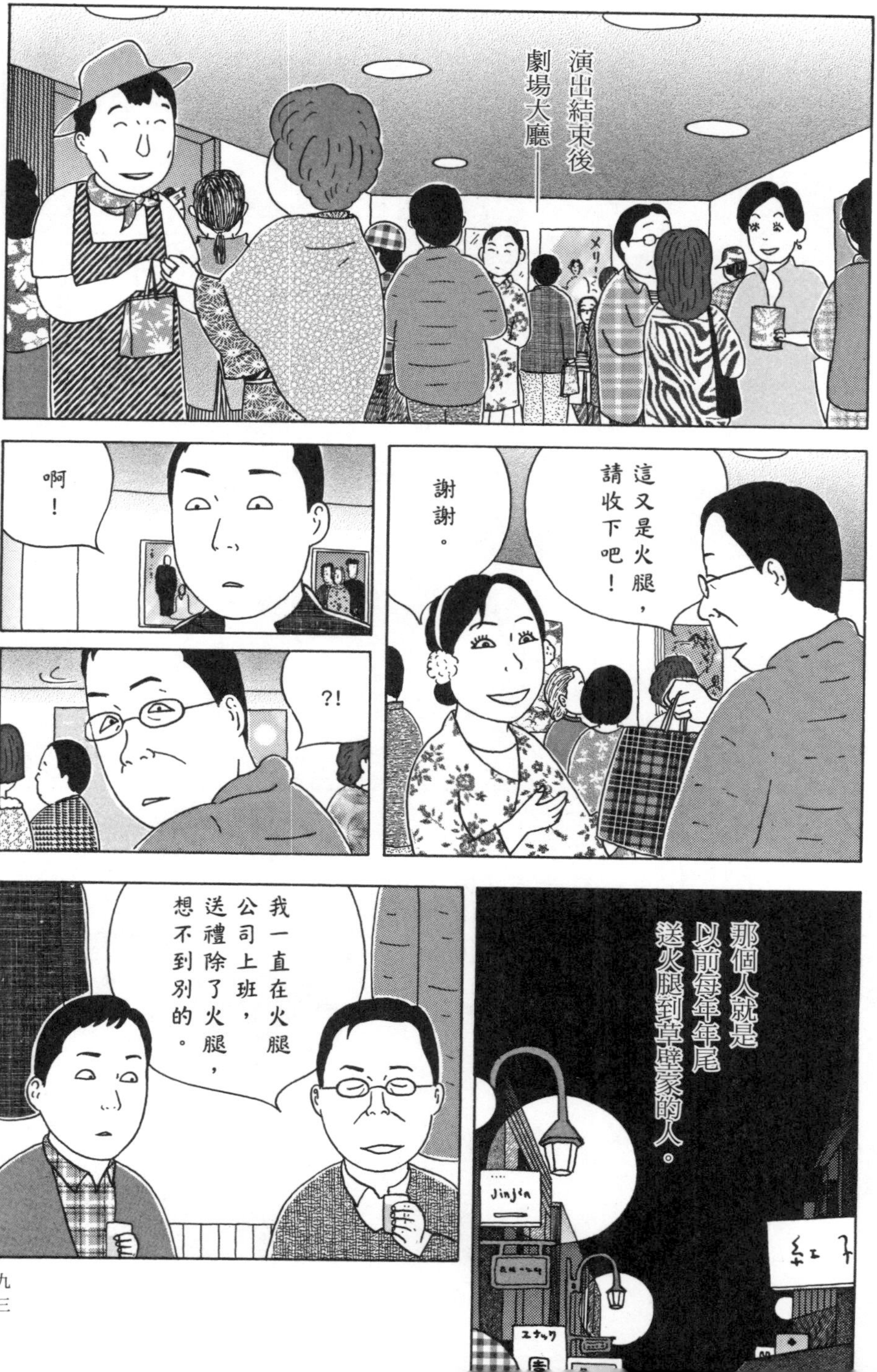

演出結束後
劇場大廳——
這又是火腿，請收下吧！
謝謝。
啊！
?!
那個人就是以前每年年尾送火腿到草壁家的人。
我一直在火腿公司上班，送禮除了火腿，想不到別的。
Jinjin

我們收到火腿都很開心，每年都很期待佐藤先生來。
這樣啊。
久等了。
大盤厚切火腿排。
這厚度真讓人開心，每年新年都很期待……但是不知從什麼時候開始佐藤先生就不來了。
……
問了我媽媽，她才說：「那個人不會再來了。」
對不起，是我一廂情願……
?!

大家好。
歡迎光臨。
啊，吉見小姐。請坐這裡。
我也要啤酒。
好。
佐藤先生什麼時候成為吉見小姐的粉絲啊？
兩個月前，看到電視劇就著迷了。年紀一大把，真不像樣。
哎喲，這樣啊?! 嘻嘻……
所以就送了綜合火腿啊！

謝謝。草壁是從什麼時候開始的呢？
我嗎？
從學生時代開始吧，已經六年了。這麼說可能會被笑，但吉見小姐有點像我媽媽年輕的時候。
這樣啊。
對，很像呢，表情跟動作。
哎?!
令堂，身體好嗎？
……
是很好……
但我想還是不要見面了。她已經變得跟火腿一樣啦！
這世界上有會變的人，也有完全不變的人啊！

第207夜◎干瓢卷

我並不喜歡情人節、耶誕節這種充滿商業氣息的節日，最近的惠方卷也是這樣。我今天做了干瓢卷跟那一點關係也沒有，只是因為我想吃。
偶爾吃吃不錯啊。很有滋味。
嗯，朝著吉利的方位吃壽司卷，真不知是什麼意思。以前過年過節的時候吃跟歲數一樣多的豆子而已。
要吃嗎？有豆子。
不用了。牙齒不好，光想自己幾歲就沮喪了。

1 日本二月三日「節分」時吃的壽司卷，包裹七種食材為七福神的象徵，有招福之意。

大家好。
喀啦
歡迎光臨。怎麼啦，臉色不好。
每位客人限點三杯酒
我又掉了一隻手套。
波江小姐目前單身，工作是保險推銷員。不知怎地，她總是會弄丟一隻手套。
之前是不是也掉過？
對。去年年底掉的。新年才剛買一副……
我也常常掉一隻襪子，所以就買好多雙同樣的，這樣掉一隻也沒關係。

這樣啊！那我下次就買兩副好了。
就算買兩副，要是都掉右手的話也沒輒啊！哈哈，老闆干瓢卷再來一卷。
干瓢卷?!我也要。
好。
我要吃了。
小時候家附近的壽司店，有個叫做小哉的男生，我去找他玩的時候，常常吃干瓢卷。
♪

真是好吃，我還想長大以後，要當小哉的新娘呢！
吃飯比戀愛重要啊！後來怎樣了？
升四年級的時候小哉的爸爸去世了，壽司店關門，他們不知道哪去了。
太可惜了。
然後啊，我二十歲的時候，小哉突然找到我家來。
果然對方也對波江小姐念念不忘啊。
怎麼說呢……那個時候我已經懷了孩子……
波江小姐有孩子啊！
嗯，一個兒子，去年第二個孫子出生了。
哎?! 波江小姐已經是阿嬤了啊!!

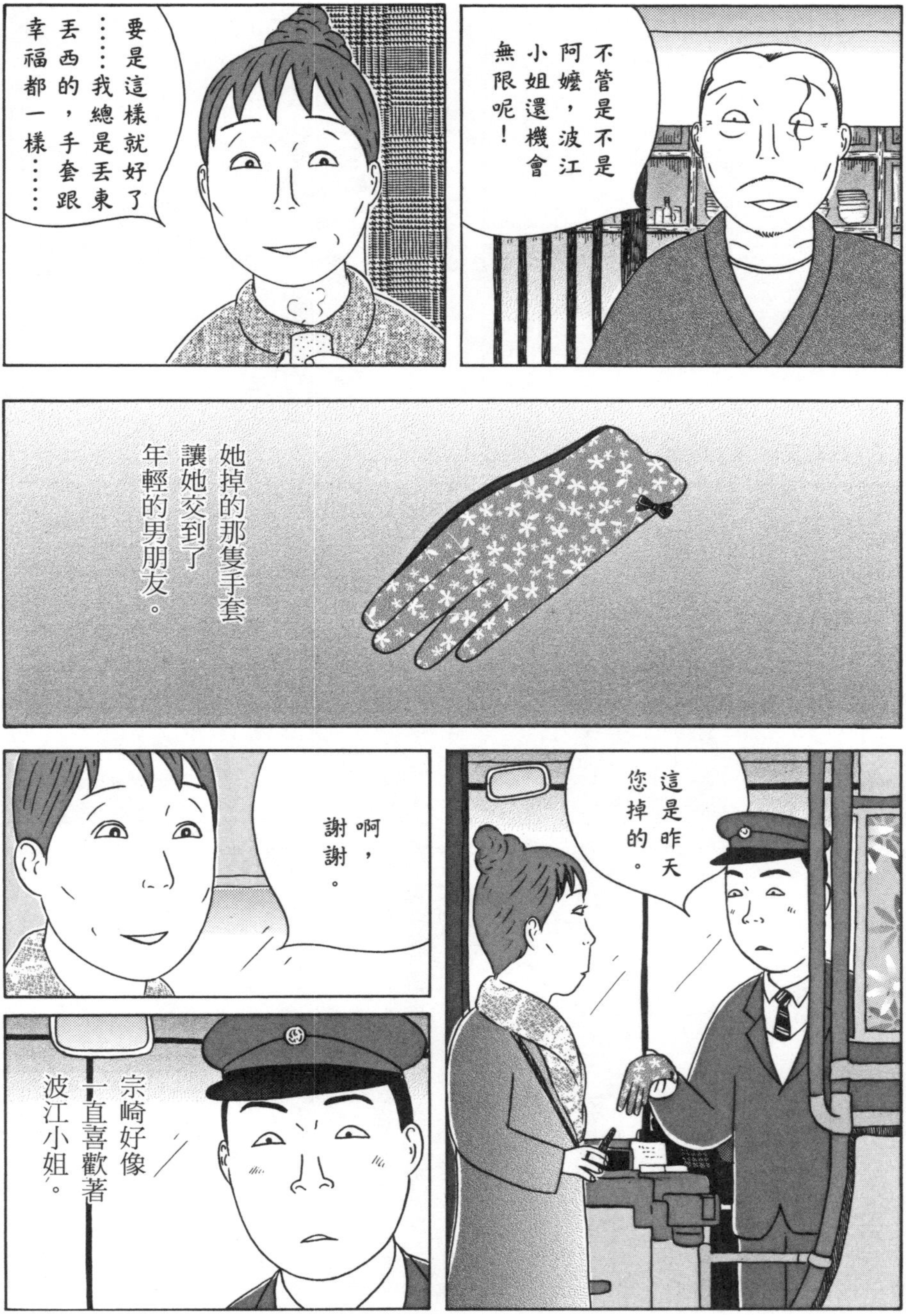
不管是不是阿嬤，波江小姐還機會無限呢！
要是這樣就好了……我總是丟東西的，手套跟幸福都一樣……
她掉的那隻手套讓她交到了年輕的男朋友。
這是昨天您掉的。
啊，謝謝。
宗崎好像一直喜歡著波江小姐。

久等了。
嗯！
波江小姐喜歡干瓢卷嗎？
好久沒吃了，之前在這裡吃到就迷上了。
熱海有好吃的壽司店，下次一起去好嗎？
干瓢卷也很好吃喔！
哇～～我想去！一日遊？
不……住一晚。

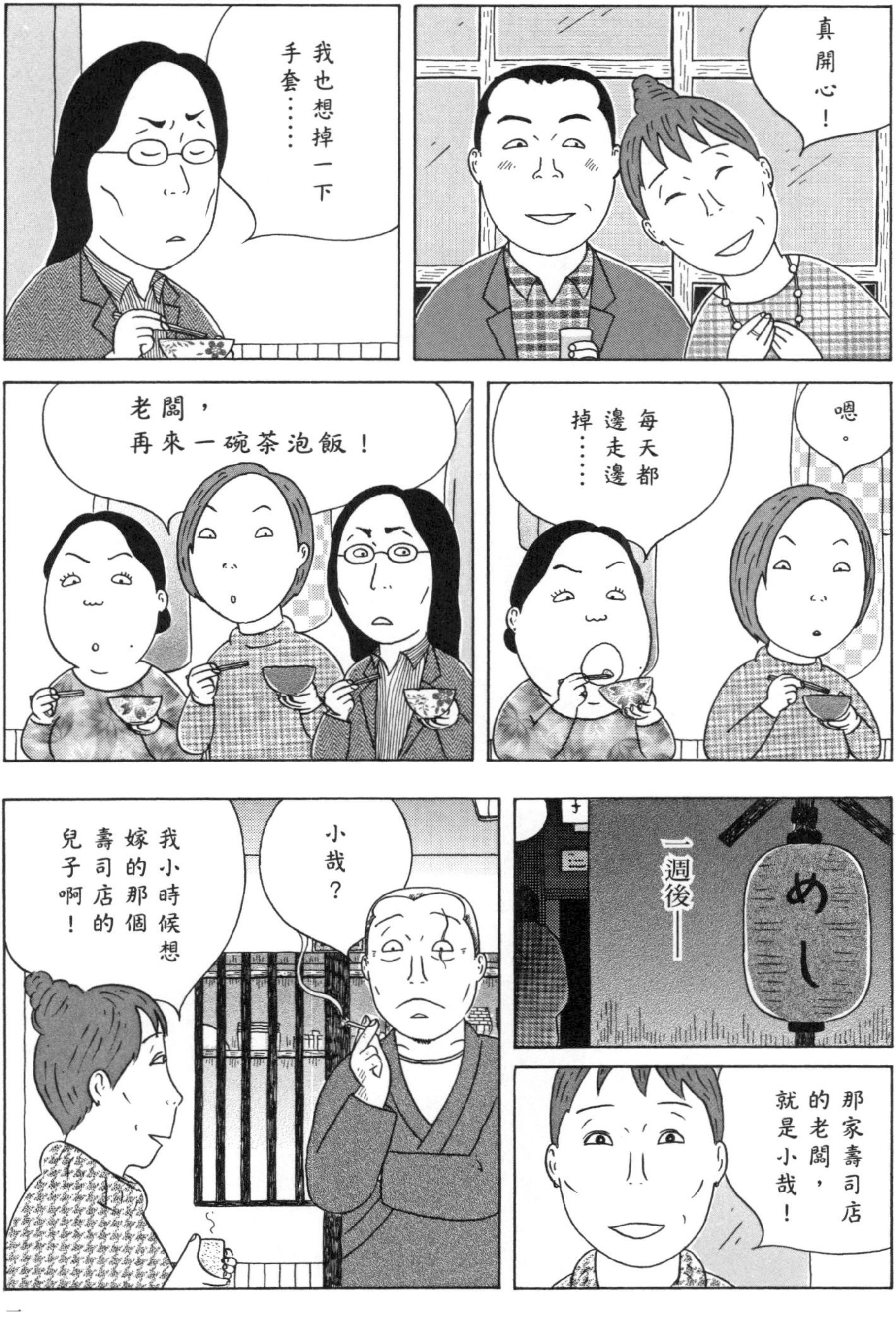
真開心！
我也想掉一下手套……
嗯。
每天都邊走邊掉……
老闆，再來一碗茶泡飯！
一週後
めし
那家壽司店的老闆，就是小哉！
小哉？
我小時候想嫁的那個壽司店的兒子啊！

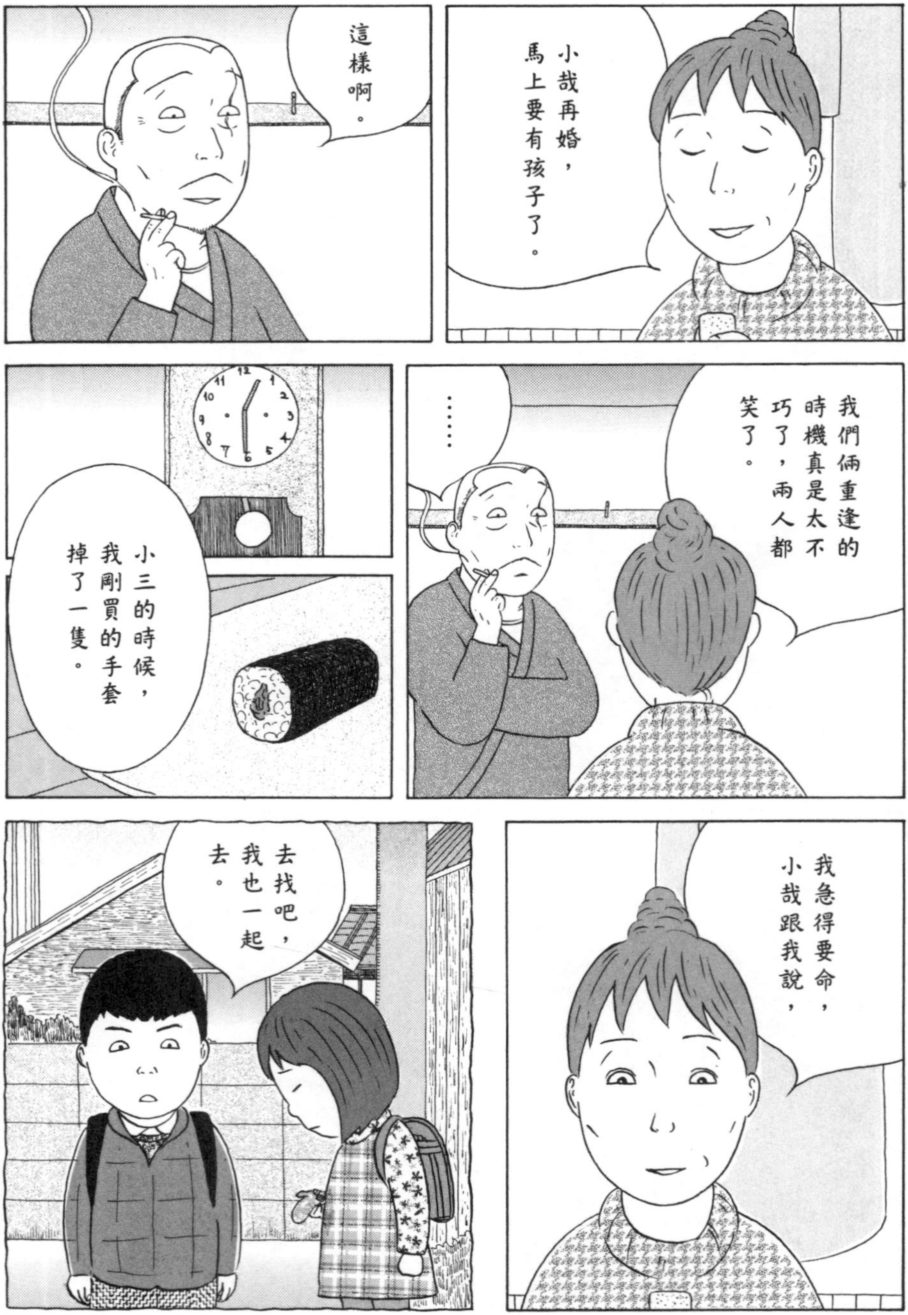
小哉再婚，馬上要有孩子了。
這樣啊。
我們倆重逢的時機真是太不巧了，兩人都笑了。
……
小三的時候，我剛買的手套掉了一隻。
我急得要命，小哉跟我說，
去找吧，我也一起去。

結果還是沒找到……
但是我好感動，覺得好幸福喔。忍耐前夫家暴的時候，總是會想起那一段。
不管怎麼喜歡彼此，也還是沒辦法在一起……

對不起，遲到了。
喀啦
歡迎光臨。
阿宗，生日快樂。
謝謝。
你記得我生日啊！
手套?!
可別弄掉一隻了啊。
掉了的話，就讓波江小姐撿到就好啦！
對呢，這樣最好。

第208夜◎湯麵

大半夜的吃拉麵讓人很有罪惡感，但湯麵裡有蔬菜，就好多了……
島田先生吃湯麵的時候，一直都會找藉口似地這麼說。
店裡的拉麵就是速食麵，湯麵的話用生麵條，那樣才合適。

喀啦
嘶
嘶
嘶
?!
湯麵，去麵喔！
好。
久等了，湯麵去麵。
我開動了。

還能這樣叫的啊？
豬肉味噌湯定食 六百圓
啤酒（大） 六百圓
日本酒（兩合） 五百圓
燒酒（一杯） 四百圓
每位客人限點三杯酒
能啊！半夜吃碳水化合物會胖的。
但是那樣……
那就是炒青菜加上湯而已。
如果有麵的話，吃著青菜的同時，麵會吸飽了湯汁、漲起來。
原來如此……確實這樣也可以。我之前從來沒想過。
啊，好吃。
……

島田先生
好像深有同感的樣子。
第二天深夜——
在蕎麥麵店說去麵，就是天婦羅蕎麥麵不加麵，然後用來配酒。看見這種吃法會覺得真是內行啊……
昨天我常去的食堂有人叫了去麵的湯麵。
島田先生是電台播音員，主持每週一次的深夜節目。
湯麵去麵就是蔬菜很多的蔬菜湯，這樣一來就算是顧忌體重的人也可以放心吃了。
其實，我也是這樣。
對了，昨天點湯麵去麵的小姐是位聲音低沈的苗條美女。

哎，是在說我?!
聲音低沉的美女是誰啊？
楓小姐，計程車司機。
燒 酒（一杯）
每位客人限點三
……
啊，那位中年美女。
我要不要點湯麵去麵呢？
真由美要去麵，吃得飽嗎？
就是啊，所以追加大碗白飯。
……

兩週後——
めし
めし
湯麵去麵託你的福反應絕佳。
我聽了廣播。真由美也立刻在店裡叫了。但是她加點了兩碗飯。
咦?!
湯麵去麵。
喀啦
啊!
您上次節目是在說我嗎?
是的。
楓小姐非常高興，她常常收聽島田先生的節目。

島田先生當然也很高興。
因為您吃得實在太香了……
我第一次看見島田先生那麼高興。後來他搭了楓小姐的計程車回家，第二天——
今天早上我突然想到，楓小姐年輕時，是不是上過電視啊？
嗯，這麼說來店裡有個常客是阿宅刑警，他說楓小姐以前演過戰隊英雄。
果然是!!《KOGA女子戰隊》的楓小姐!!!
正義的利刃斬斷邪惡——
KOGA，KOGA！

女子戰隊
KOGA～～
您現在聽到的是《KOGA女子戰隊》主題曲。
我的初戀就是戰隊裡的「紅楓」小姐喔！
前幾天我偶然遇見這位「紅楓」小姐了。她一點沒變，還是那麼漂亮——
嗶
……
因為這個節目，KOGA再度重播，吸引了新的粉絲。但不知怎地楓小姐就不見蹤影了。

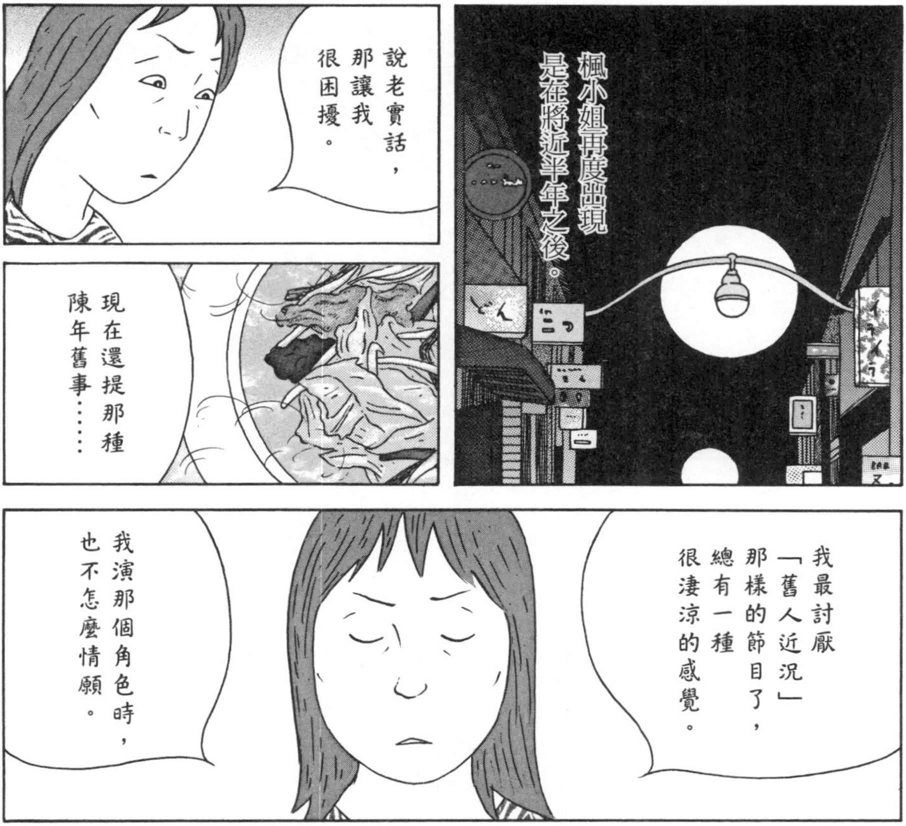
楓小姐再度出現是在將近半年之後。
說老實話，那讓我很困擾。
現在還提那種陳年舊事……
我最討厭「舊人近況」那樣的節目了，總有一種很淒涼的感覺。
我演那個角色時，也不怎麼情願。
這樣啊，真是不好意思了。
島田先生也以為楓小姐會高興的……
我明白啦……
這麼說來，島田先生有東西要我轉交。

這個。
給和彥
KOGA
楓
?!
島田先生小學的時候寫了信到製作單位之後收到的。
他在整理老家東西時，在寶物箱裡翻到的。
……
一直沈默不語的脫衣舞孃麻里鈴說了……
一直不變心的粉絲，太棒了。真羨慕。
也是……

第 209 夜 ◎ 紅豆飯

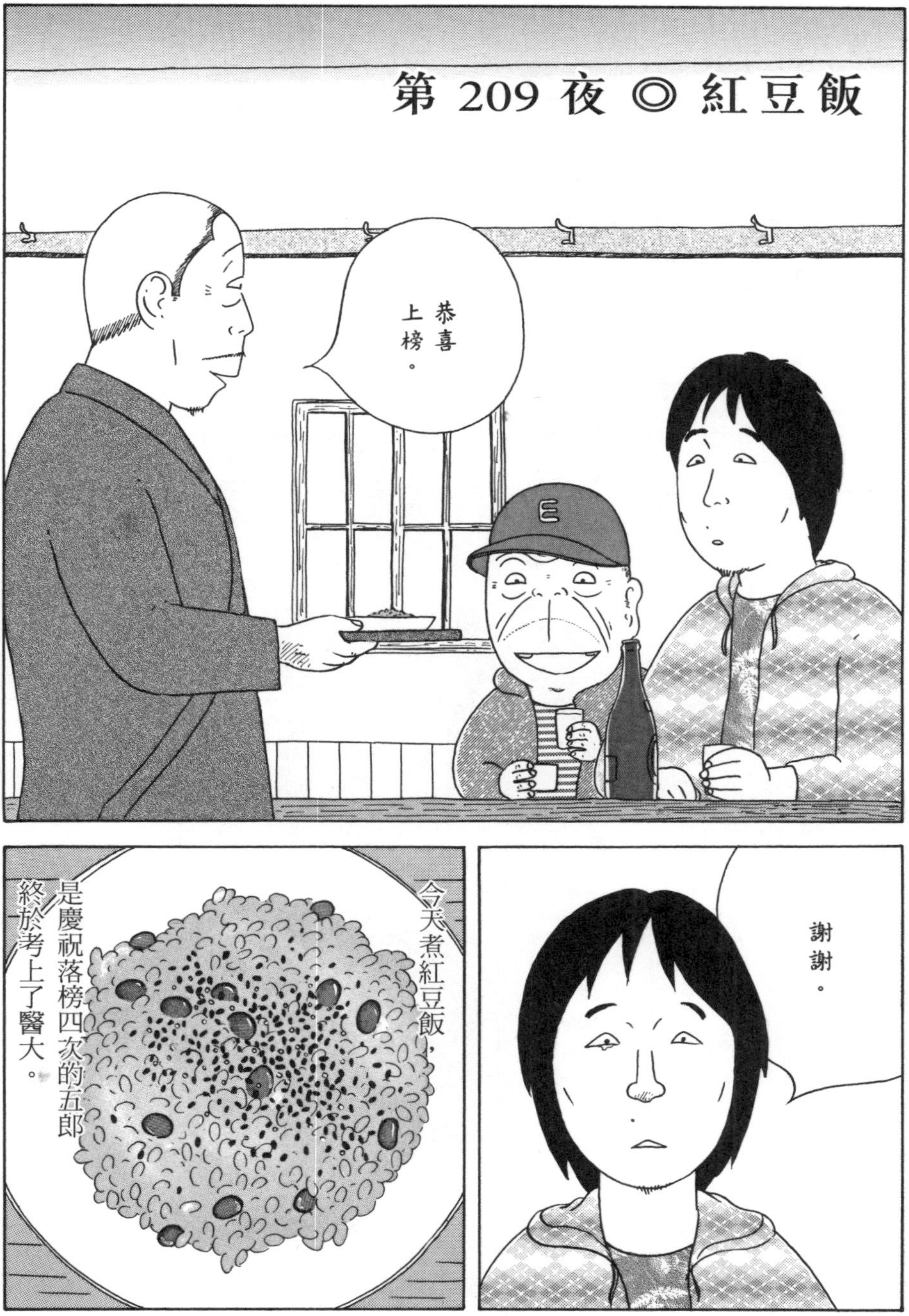
恭喜上榜。
謝謝。
今天煮紅豆飯，
是慶祝落榜四次的五郎
終於考上了醫大。

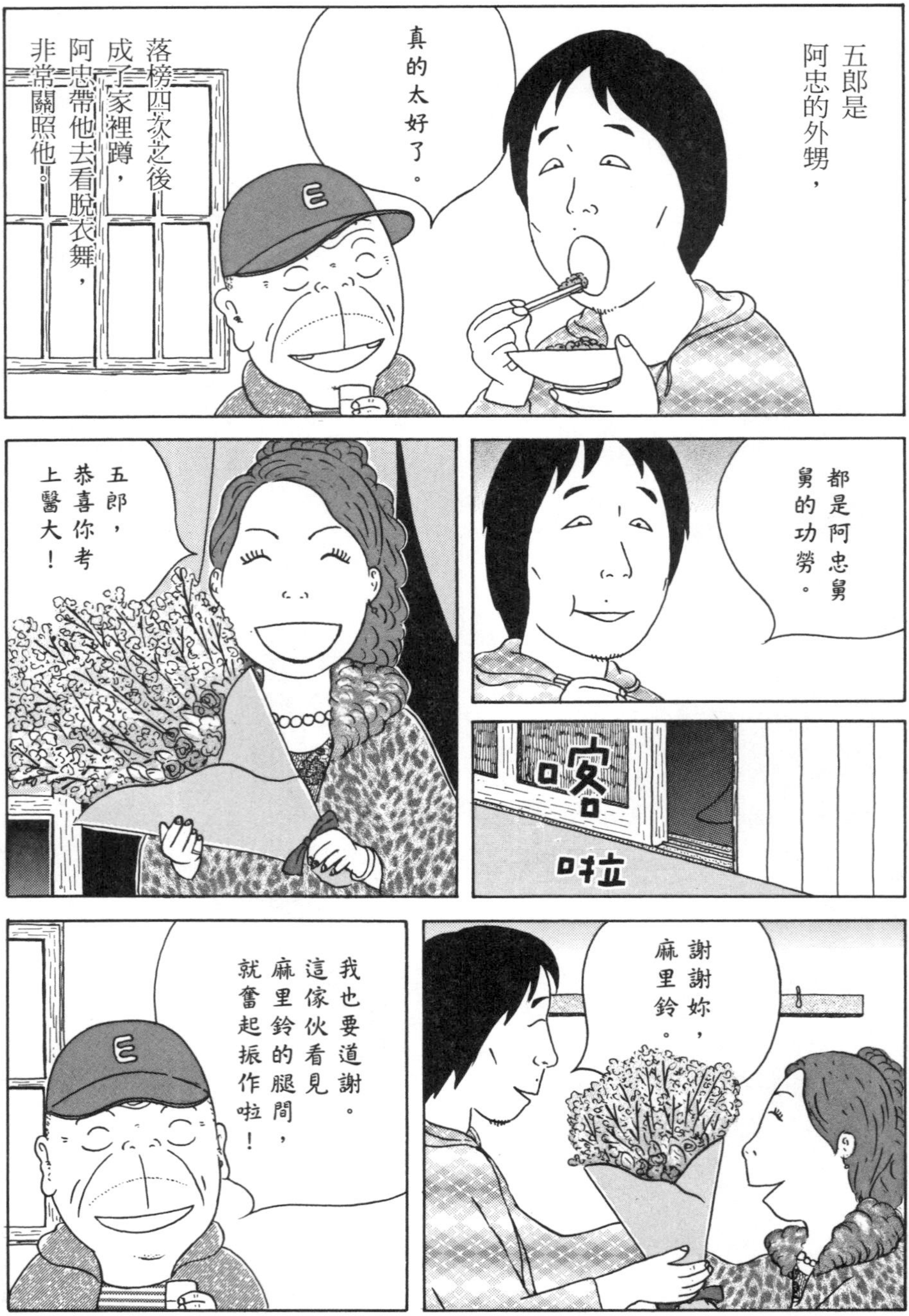
五郎是阿忠的外甥，
真的太好了。
落榜四次之後成了家裡蹲，阿忠帶他去看脫衣舞，非常關照他。
都是阿忠舅舅的功勞。
喀啦
五郎，恭喜你考上醫大！
謝謝妳，麻里鈴。
我也要道謝。這傢伙看見麻里鈴的腿間，就奮起振作啦！

哎喲……
我打算唸婦產科。
哎?!
麻里鈴，我煮了紅豆飯，要吃嗎？
紅豆飯?!要吃！
開～動了。
嗯!!
啊，麻里鈴以前也吃紅豆飯慶祝嗎？

是說初經的時候嗎？我跟阿嬤一起住，她替我煮了。現在已經沒有人幹這種事了吧！
喀啦
歡迎光臨。?!
冷酒好嗎？
好。
兩壺冷酒。
好。
這位先生……跟小壽壽桑有點像啊！
像嗎？這位是我兒子。

啥？！
這位先生（鹽屋）說了……
我母親有點老年癡呆，一個星期前突然說──
你不是……你死掉老爸的兒子喔。
哎？
然後我翻了母親的日記，上面提到「小村先生」[2]，我母親好像一直非常在意……
……
哎？小壽壽桑有女友啊！你跟女人睡過?!

2 小壽壽桑的本名。

嗯……就那麼一次。來東京之前去廣島玩的時候，收了有錢太太的紅包……我去東京需要錢。
令尊竟然沒發現。
我父親很花心，到處留種，好像並不在乎。
♪
男孩子啊……我明天下午回去……
我女兒生了，第一個孫子。
那就是人家的……
曾孫。
小壽壽桑突然變成曾祖父了?!
恭喜。要吃紅豆飯嗎？

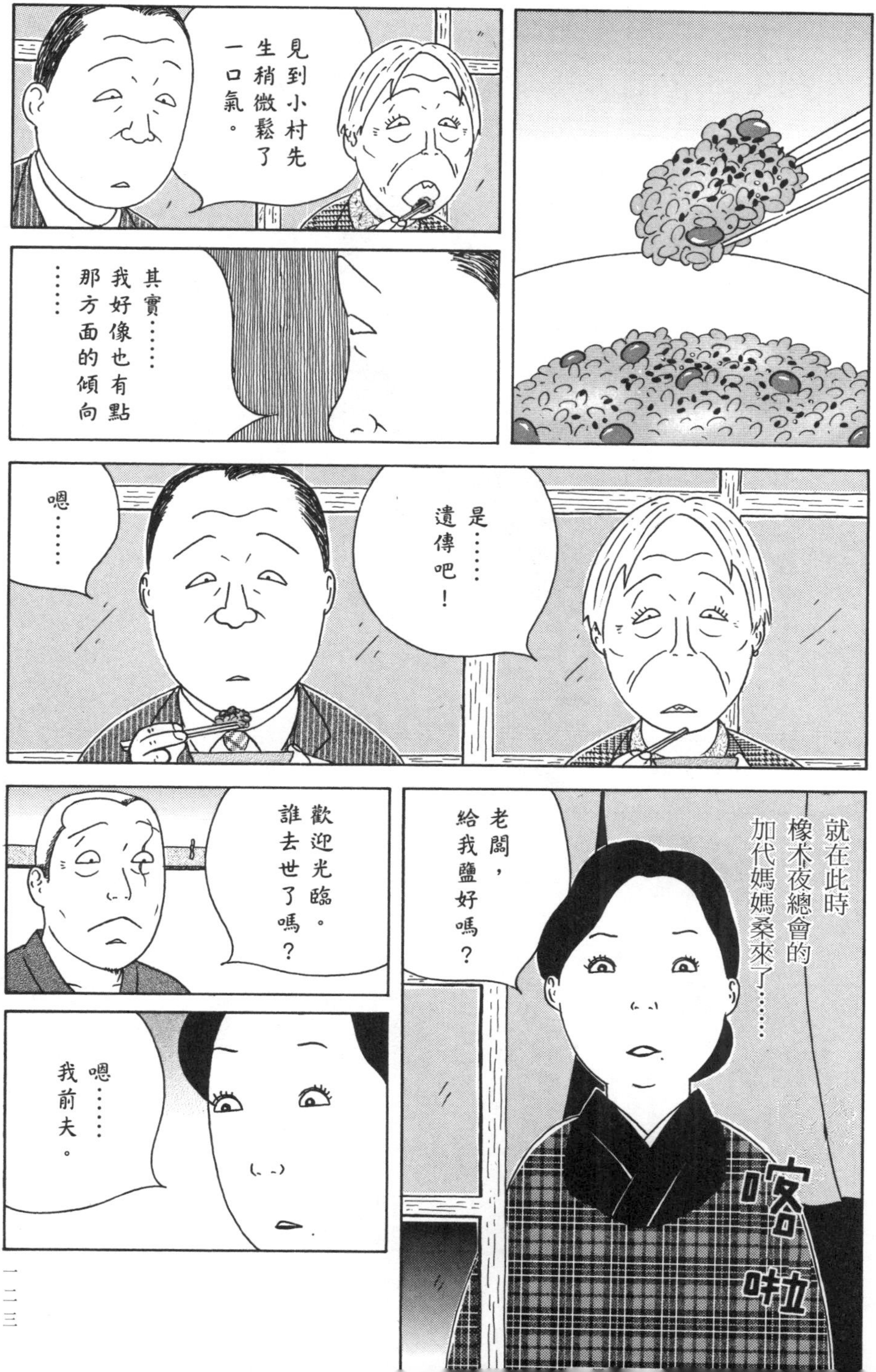
見到小村先生稍微鬆了一口氣。
其實……我好像也有點那方面的傾向……
是……遺傳吧！
嗯……
就在此時橡木夜總會的加代媽媽桑來了……
喀啦
老闆，給我鹽好嗎？
歡迎光臨。誰去世了嗎？
嗯……我前夫。

他在賽馬場握著中獎的馬票倒地死了。
哎。
他本來就沒有贏錢的本事，一向都沒有運氣，開公司也倒閉。
跟這種男人在一起我也會倒楣，所以就分手了。
被運氣好的加代甩了，豈不是更糟糕嗎？
這就不知道了。一年他會贏個一兩次，然後到夜總會來炫耀……

這麼想來賭馬贏了之後去那個世界，也很幸福吧！
我也這麼覺得，很幸福啊！
嗯。
也是……最後得到了好運，就這樣去世了。
加代，我煮了紅豆飯，替他慶祝送行吧！
嗯，老闆，給我紅豆飯。
好。
紅豆飯在悲喜交集的氣氛下，幾乎要吃完了。

天亮的時候我突然發現那個男人坐在櫃台前。
有紅豆飯嗎？
啊，剛好剩下一人份。
那給我吧，前天我賭馬贏了。
恭喜。真羨慕啊！
他非常高興地吃了紅豆飯。
要豬肉味噌湯嗎？免費提供……
我轉過身時，他已經不在了。
那是加代的……
不，只是吃霸王飯的吧！

第210夜◎辣椒葉佃煮

我去佃島買佃煮。在築地市場外圍購物，沿著河邊的步道走，越過佃大橋。春風吹拂悠閒散步，感覺真好。
老闆！
哎?!
是我，小麗！
小麗啊！沒化妝認不出來了。
老闆好過分。

小麗是偶爾會到店裡來的歌舞伎町酒家女。
小麗怎麼大白天在這種地方？
我阿嬤住在月島。老闆才是在幹嘛？
我嗎？來買佃煮。
那買辣椒葉佃煮吧，我超喜歡辣椒葉佃煮飯糰。
知道了，我會買。
拜託啦！
那天晚上——
めし
久等了。辣椒葉佃煮飯糰。
我要吃了。

我阿嬤常做辣椒葉佃煮飯糰。
小麗在父母離婚之後就由月島的阿嬤帶大。
辣椒葉佃煮不錯啊，來一點下酒吧！
好。
有這個多少酒都喝得下。
圖畫大師，店裡一人只限三瓶喔。
我知道。
啊……老闆，街角的拉麵店又換了。

啊，每一家都開不久。不是鬧火災，就是連夜潛逃，都換了七八次了。
謠傳是最初店主的詛咒，他上吊自殺的緣故喔。這次新開的店不知道能撐多久。
喀啦
大家好。我是椿，在街角開了拉麵店。請多多指教。
也請多多指教……
?!
你是……椿學長嗎?!
哎？
我是佃中籃球隊的西野海，是你學妹！

尷尬的氣氛一下子緩和了。小麗跟阿椿用辣椒葉佃煮下酒，聊著往事。
真是女大十八變。
阿椿是小麗暗戀的學長。
在那之後阿椿偶爾在拉麵店關門後過來，用辣椒葉佃煮下酒。
めし
生意不錯啊！
託福。西野也常帶客人來。
喀啦
啊，椿學長！
歡迎光臨。
喔。

這是我之前說過拉麵店的椿學長。
你好，一起喝一杯吧，我請客。
去別家店吧！
對不起……下次再來。
那傢伙說是音樂家，其實幾乎是小麗養他。
哎……
溏心蛋拉麵久等了。
中華麵 七五〇圓
餛飩麵 八五〇圓
叉燒麵 大〇〇圓
特製椿拉麵 一千圓
上次真對不起。他很怕生……

今天……沒客人呢。
網路上有人寫了惡評。最近客人變少了。
特製 椿拉麵
沒關係，別介意。
真的對不起。
兩個月後
街角拉麵店沒問題吧，最近幾乎沒有客人。
嗯。
好像有點困難，阿椿最近也不來了。
喀啦
小麗！

我跟男友吵架離家了……在網路上寫椿拉麵壞話的就是他。
咦?!
喀喳
喀喳
天亮時，小麗的男友騎機車衝進阿椿的店裡大肆破壞，被警察逮捕了。他說是因為和女友吵架，所以來洩憤的。
喀喳
砰
噹

椿學長。
對不起，都是我不好。
沒關係……反正我也想把店收了。
請讓我賠償吧！
又關門了。
店鋪出租
嗯。
小麗的男友一直討厭椿先生。
店裡的常客若宮刑警說。

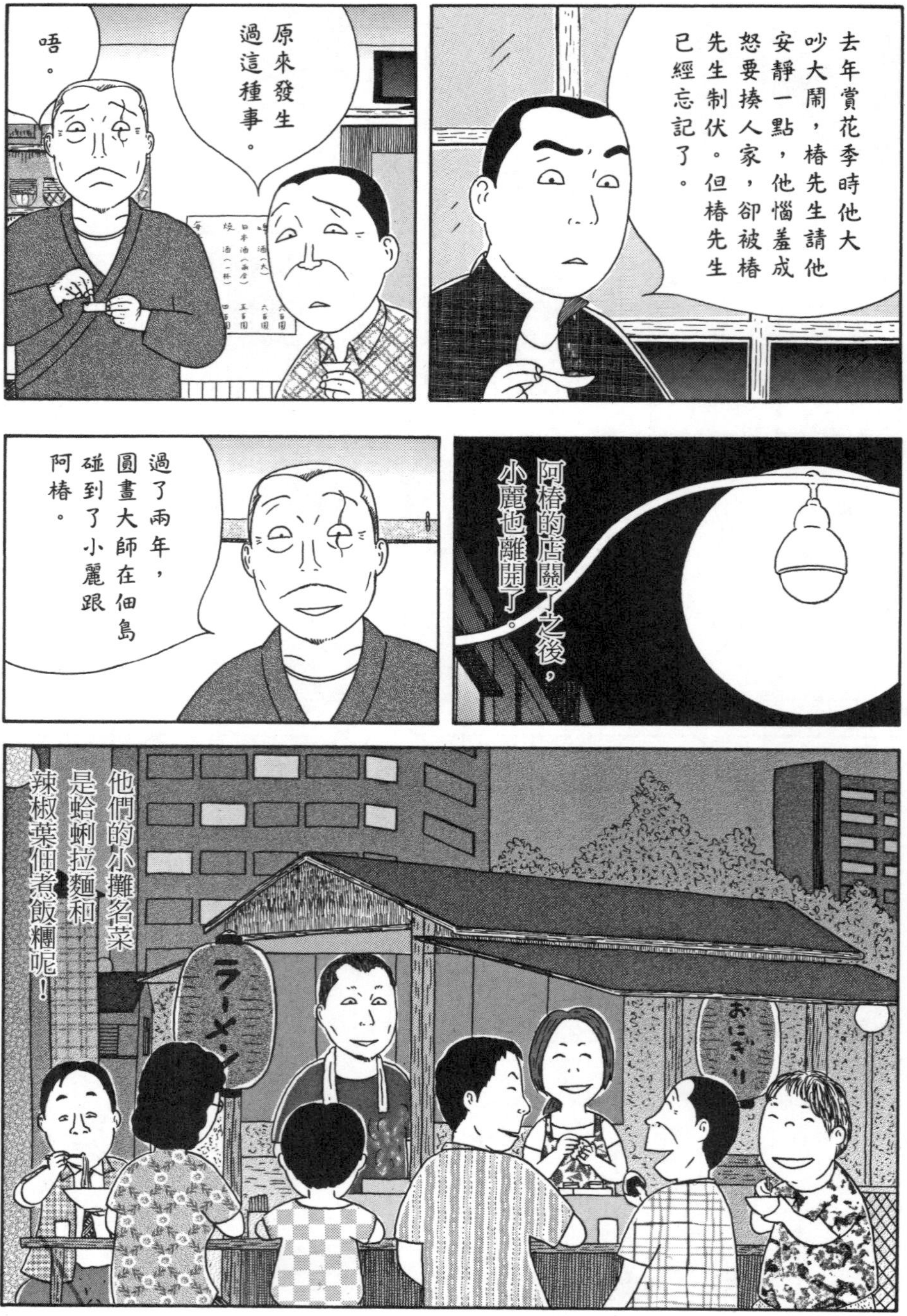
去年賞花季時他大吵大鬧，椿先生請他安靜一點，他惱羞成怒要揍人家，卻被椿先生制伏。但椿先生已經忘記了。
原來發生過這種事。
唔。
阿椿的店關了之後，小麗也離開了。
過了兩年，圓畫大師在佃島碰到了小麗跟阿椿。
他們的小攤名菜是蛤蜊拉麵和辣椒葉佃煮飯糰呢！
ラーメン
おにぎり

第211夜◎夏威夷漢堡飯

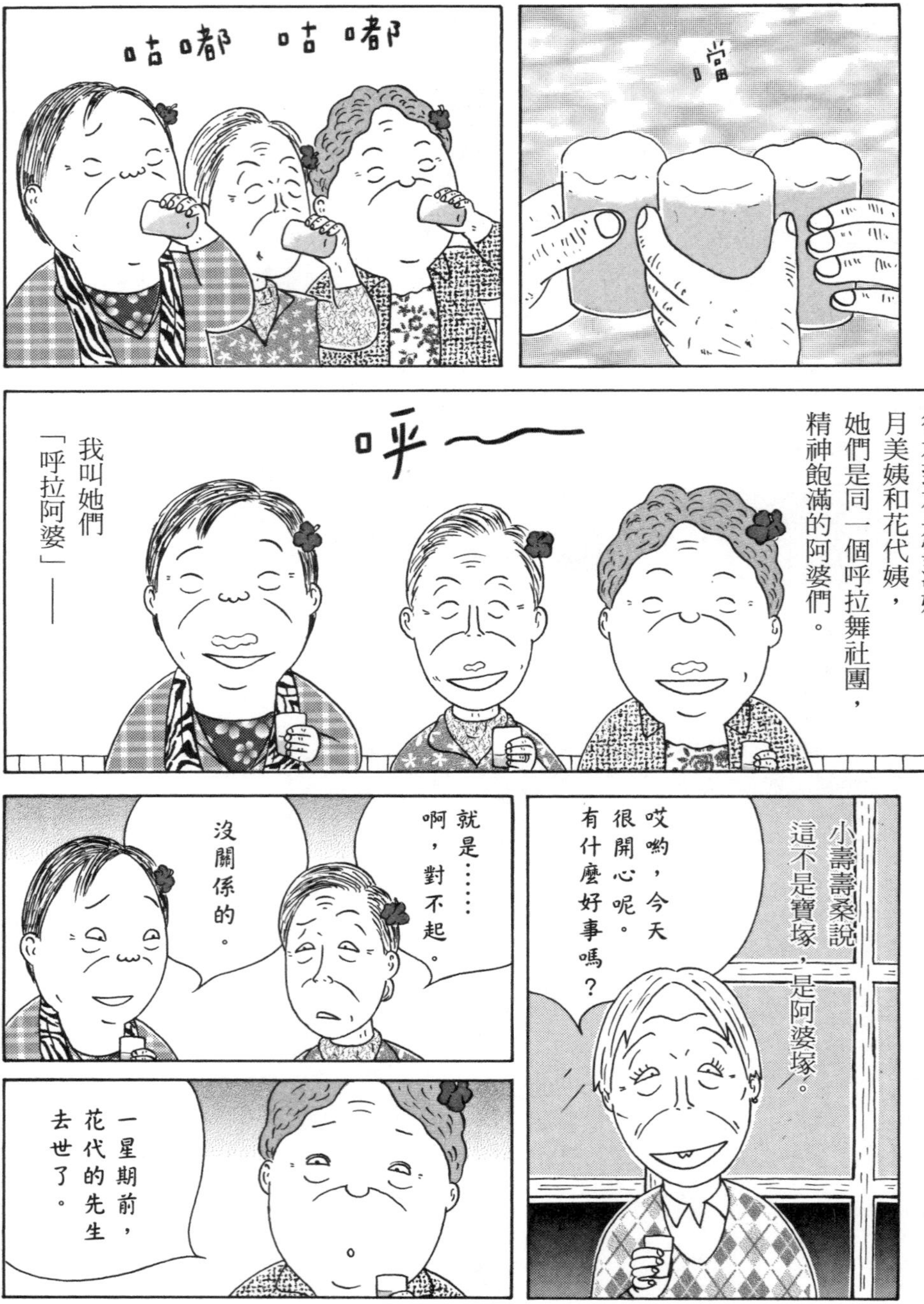
當
咕嘟 咕嘟
從右到左是雪江姨，月美姨和花代姨，她們是同一個呼拉舞社團，精神飽滿的阿婆們。
呼～～
我叫她們「呼拉阿婆」——
小壽壽桑說這不是寶塚，是阿婆塚。
哎喲，今天很開心呢。有什麼好事嗎？
就是……啊，對不起。
沒關係的。
一星期前，花代的先生去世了。

啥?!
他喝醉了，從樓梯上摔下來。就這樣去了。他好酒好色……真拿他沒辦法。
這麼說可能過分，但他去了很好不是嘛。要是他臥床妳就辛苦了。
是啊。這麼多年來吃了夠多的苦，現在輕鬆了。
但是……早知道會這樣對他溫柔一點就好了。
花代……
嗚~~
肚子餓了嗎?
餓了。
三份大盤夏威夷漢堡飯!!

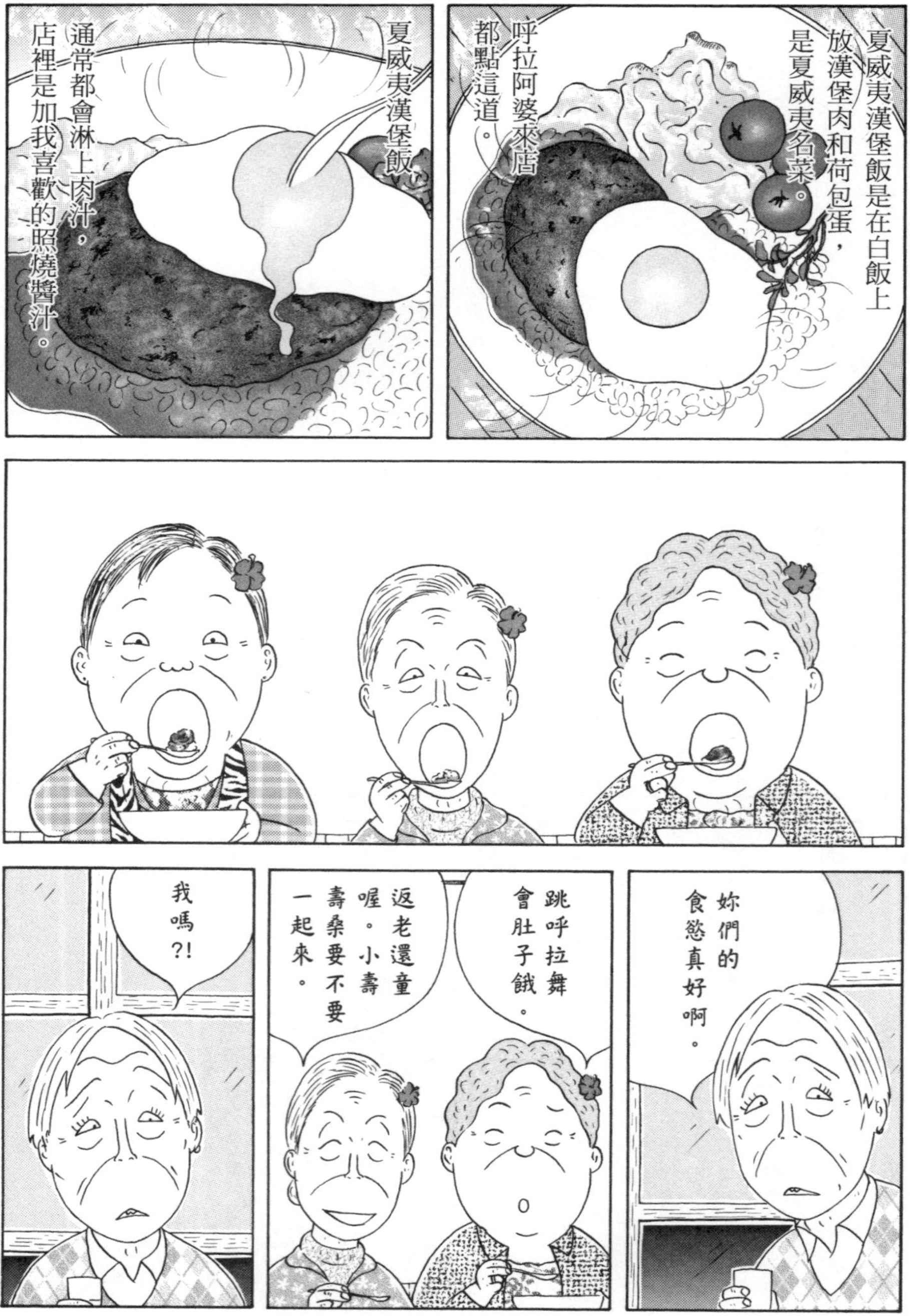
夏威夷漢堡飯是在白飯上
放漢堡肉和荷包蛋，
是夏威夷名菜。
呼拉阿婆來店
都點這道。
夏威夷漢堡飯
通常都會淋上肉汁，
店裡是加我喜歡的照燒醬汁。
妳們的食慾真好啊。
跳呼拉舞會肚子餓。
返老還童喔。小壽壽桑要不要一起來。
我嗎?!

謝謝不用了。我為什麼一定要跟妳們一起跳呼拉舞啊！
一週後——
めし
……
嗚嗚嗚——
喀啦
啊，又有誰去世了嗎？

月美姨的貓咪啊……
被機車撞了。
阿咪……
小月……
阿咪真是個好孩子。
跟上次，差太多了，女人真可怕。
嗯。
嗚嗚……
小月，有好好吃飯嗎？
沒。
不吃飯不行。小月會倒下去的。

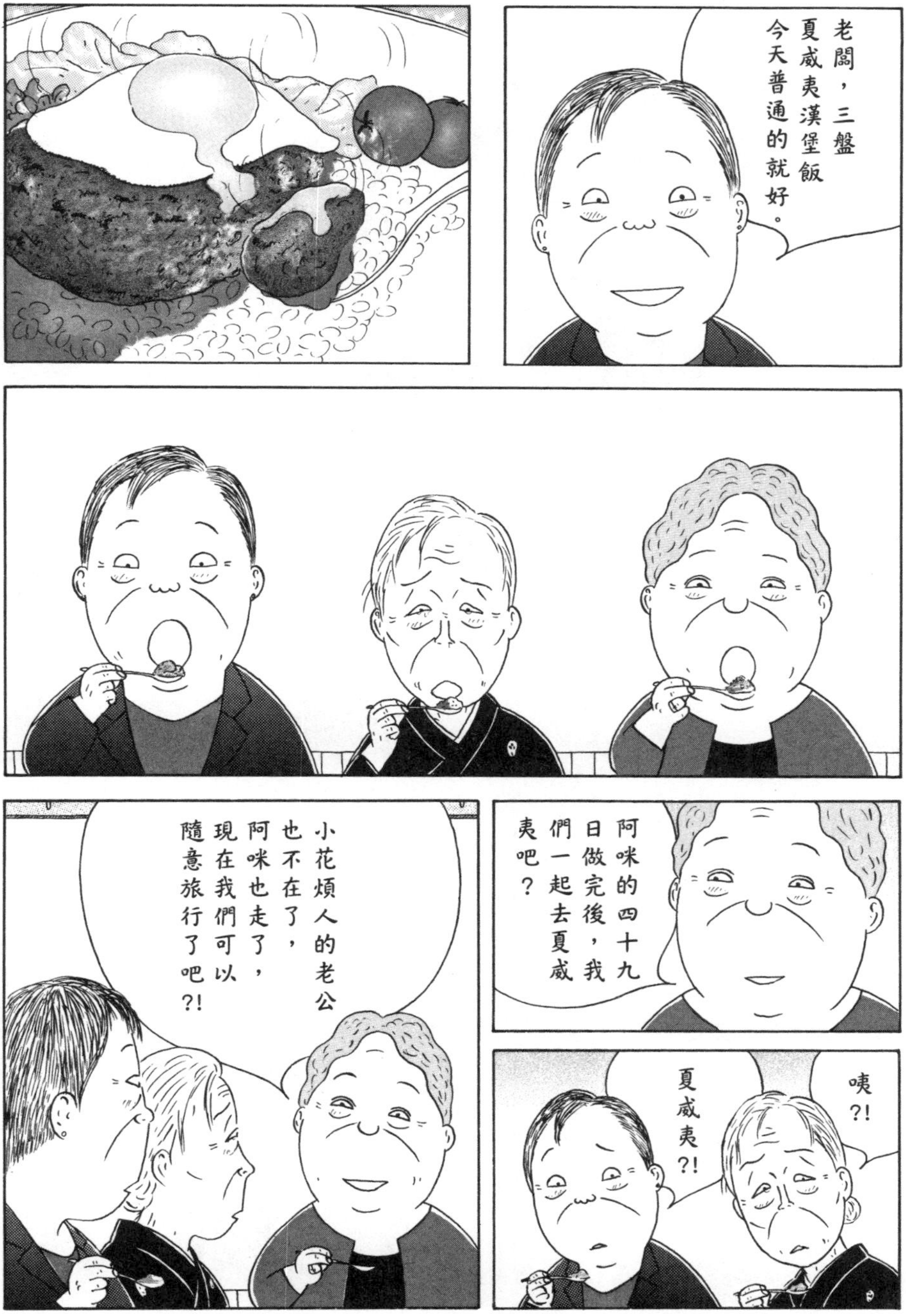

老闆，三盤夏威夷漢堡飯今天普通的就好。
阿咪的四十九日做完後，我們一起去夏威夷吧？
咦?!
夏威夷?!
小花煩人的老公也不在了，阿咪也走了，現在我們可以隨意旅行了吧?!

這麼說來也是。
夏威夷啊……
把阿咪的骨灰撒在夏威夷吧?!
那太好了。
好啊!
去夏威夷撒骨灰,跳呼拉舞,吃夏威夷漢堡飯!
真好,就這麼決定了。
去吧去吧!
好像是三十年後的茶泡飯姊妹。
嗯。

結果……呼拉阿婆們沒去成夏威夷。
かるい花園
五番街
雪江姨被詐騙集團騙走了大筆錢。
雪江姨有個不肖子，她以為打電話求救的是兒子，匯了兩百萬元。
?!
小雪，手機響了。
喂？
媽，妳好嗎？是我啊。
你誰啊？
手機給我。
你這畜生！欺騙老人，太過分了!!

咦，你是宏人？
你真的是宏人？
是妳兒子宏人啊。我現在在岩城市的公司上班，我跟社長說媽媽在跳呼拉舞，他就說一定要請妳們去夏威夷俱樂部。
宏人?! 給我。
夏威夷俱樂部?!
夏威夷俱樂部！
雖然沒去成夏威夷，最近卻常去夏威夷俱樂部就不來店裡了。
最近真由美常吃夏威夷漢堡飯，她在跳呼拉舞了。

清口菜◎弘兼憲史登場

本篇刊登於二〇一五年三月Big Comics Original《弘兼憲史增刊》。

啊，您不是弘兼憲史老師嗎？
啊，是的。
我是「島耕作」的大粉絲！
我在看《黃昏流星群》。
謝謝支持。
這麼說來，
尊夫人是，
柴門文女士！
弘兼老師也吃炸豬排蓋飯嗎？

偶爾吃吃。學生時代炸豬排蓋飯可是大餐呢！
這樣啊！
感覺老師就是喝高級紅酒，吃法國菜呢！
對啊！
那是大家抬愛了。
對了。之前跟比爾·蓋茲聚餐，他說喜歡日本的炸豬排蓋飯呢！
真的嗎？您認識比爾·蓋茲啊！
我今天買了《黃昏流星群》的新刊，老師能幫我簽名嗎？
哎?!
好啊……啊，抱歉。

啊，久疏問候。現在在赤坂嗎？哎，柳井先生也在啊……
孫先生是Softbank那位？
柳井先生是Uniqlo的？
不好意思，臨時有事。簽名下次吧。老闆，買單。
一流漫畫家的人面真廣啊！
就是。
弘兼先生離開後，大家感嘆不已……
真厲害。
我要鮑X!!
喀啦
其實……這才是真正的弘兼憲史老師，結果大家都說假貨比較像真的。

深夜食堂YY0315

深夜食堂15

作者
安倍夜郎（Abe Yaro）
一九六三年二月二日生。曾任廣告導演，二〇〇三年以《山本掏耳店》獲得「小學館新人漫畫大賞」，之後正式在漫畫界出道，成為專職漫畫家。
《深夜食堂》在二〇〇六年開始連載，隔年獲得「第55回小學館漫畫賞」及「第39回日本漫畫家協會賞大賞」。由於作品氣氛濃郁、風格特殊，三度改編日劇播映。同時改編電影，二〇一五年搬上大銀幕。

譯者
丁世佳
以文字轉換糊口二十餘年，英日文譯作散見各大書店。對日本料理大大有愛；一面翻譯《深夜食堂》一面照做老闆的各種拿手菜。

裝幀設計　黑木香
美術設計　佐藤千惠+Bay Bridge Studio
版面構成　兒日
內頁排版　黃雅藍
手寫字體　鹿夏男、王琦柔
責任編輯　陳柏昌
行銷企劃　傅恩群
副總編輯　梁心愉

初版一刷　二〇一五年九月二十五日
初版八刷　二〇一九年六月十七日
定價　新臺幣二〇〇元

ThinKingDom 新經典文化
發行人　葉美瑤
出版　新經典圖文傳播有限公司
地址　臺北市中正區重慶南路一段五七號一一樓之四
電話　02-2331-1830　傳真　02-2331-1831
讀者服務信箱　thinkingdomtw@gmail.com
部落格　http://blog.roodo.com/thinkingdom

總經銷　高寶書版集團
地址　臺北市內湖區洲子街八八號三樓
電話　02-2799-2788　傳真　02-2799-0909
海外總經銷　時報文化出版企業股份有限公司
地址　桃園市龜山區萬壽路二段三五一號
電話　02-2306-6842　傳真　02-2304-9301

深夜食堂 / 安倍夜郎作；丁世佳譯. -- 初版. --
臺北市：新經典圖文傳播, 2015.09-
152面；14.8X21公分
ISBN 978-986-5824-48-8（第15冊：平裝）